Über das Buch
Wenn ein Autor einen unbestechlichen Blick für das zumeist Ungerechte und Widersinnige des menschlichen Lebens hat, das sich bei aller Gemeinheit vorzugsweise auch noch als Farce darbietet, dann ist das der Schriftsteller Herbert Rosendorfer.
Auch in der vorliegenden Erzählung »Das selbstfahrende Bett« werden in geradezu beispielhafter Weise die Schicksale des ehemaligen Schauspielers und Nachrichtensprechers W., des anhaltend gescheiterten Heinz Segelmann und seines Freundes, des Kunstmalers Rolf, der äußerst häufig verheirateten Südtirolerin Hedwig, des Vorsitzenden Richters am Landgericht Wilhelm Lutek und des Fräuleins Faber sowie einer Reihe anderer mehr oder weniger liebenswerter Personen auf das nachhaltigste miteinander verwoben. Dabei entfaltet ein Renaissancebett, das unglücklicherweise auf Rollen steht, eine nicht unbeträchtliche Wirkung.
»Das selbstfahrende Bett« erscheint hier zum ersten Mal. Die Geschichte zeigt im kleinen die ganze Meisterschaft Rosendorfers in der Zeichnung seiner unvergeßlichen Charaktere, seinen Humor und die perfekte, ebenso komische wie hellsichtige Handlungsführung.

Der Autor
Herbert Rosendorfer, 1934 in Bozen geboren, 1939 mit den Eltern nach München umgezogen, studierte an der Akademie der Bildenden Künste, wechselte danach zum Jurastudium. Seit 1969 zahlreiche Romane und Erzählungen. Lebt und arbeitet als Richter am Oberlandesgericht in Naumburg.
Weitere Titel bei K & W:
»Die Nacht der Amazonen«, Roman, 1989. »Rom. Eine Einladung«, KiWi 224, 1990. »Mitteilungen aus dem poetischen Chaos«, Römische Geschichten, 1991. »Die Goldenen Heiligen oder Columbus entdeckt Europa«, Roman, 1992. »Venedig«, KiWi 303, 1993, »Ein Liebhaber ungerader Zahlen«, Roman, 1994.

Herbert Rosendorfer
Das selbstfahrende Bett
Eine Sternfahrt

Kiepenheuer & Witsch

1. Auflage 1996

© 1996 by Verlag Kiepenheuer & Witsch, Köln
Alle Rechte vorbehalten. Kein Teil des Werkes darf in irgendeiner Form
(durch Fotografie, Mikrofilm oder ein anderes Verfahren) ohne schriftliche
Genehmigung des Verlages reproduziert oder unter Verwendung
elektronischer Systeme verarbeitet werden.
Umschlaggestaltung Manfred Schulz, Köln
Umschlagmotiv Norman Junge, Köln
Satz Jung Satzcentrum GmbH, Lahnau
Druck und Bindearbeiten Clausen & Bosse, Leck
ISBN 3-462-02542-2

Meinem Freund,
Hanspeter Krellmann
gewidmet

I

Er hatte das Glück seines Lebens durch einen Irrtum gemacht. Jetzt war er tot. Seine Witwe verkaufte das Eisenbett. An und für sich ein schönes Bett: italienische Arbeit, vielleicht sogar Renaissance, wer weiß. In Italien ist alles möglich. In Italien ist mehr Renaissance, als man meint. Das Bett war breit für zwei, hatte ein niedriges Fußteil, nur so ein paar Schnörkel aus Schmiedeeisen, aber ein Kopfteil wie ein Pfauenrad: unendliche, ineinandergreifende Drehungen und Windungen, alles aus Schmiedeeisen. Leider schon verrostet. Es war schon verrostet, als W. es kaufte. Das heißt: W. kaufte nicht eigentlich das Bett, W. kaufte ein Haus. Das Haus stand in Umbrien, in einem Ort, den niemand kennt, obwohl ein nicht unbedeutender Maler dort geboren ist: Masolino da Panicale, und obwohl in einer der drei Kirchen, in San Sebastiano, ein hervorragendes Fresko von Perugino zu finden ist. Panicale – dreitausend Einwohner; im Reiseführer steht noch: fünftausend, aber der Reiseführer ist einige Jahre alt, und inzwischen sind es nur noch dreitausend. Panicale. W. merkte sich anfangs den Namen nur mit Hilfe einer Eselsbrücke: Kannibale – Panicale.
Viele Häuser in Panicale standen leer. W. kaufte eins. Panicale liegt auf einem Hügel wie viele umbrische Städte. Das Haus, das W. kaufte, lag am Nordabhang des Hügels, auf dem sich der Ort gedrängt wie eine Burg erhob: eng, sauber, leer, düster. Im Schatten dieser Burg lag das Haus. Der Blick ging hinaus auf den Trasimenischen See, und wenn die Sonne unterging, glänzten tausend Ölbäume.
Es war W.s Traum seit seiner Jugend gewesen, ein Haus in

Umbrien zu haben. Nicht in der Toskana, der lieblichen, hinreißenden, strahlend-melancholischen Toskana, sondern in Umbrien, dem finsteren, weniger sensationellen, erdigen Umbrien. Umbria – Ombra – der Schatten; hat etymologisch nichts miteinander zu tun, stimmt aber doch. Wenn W. in seinem eigentlichen Beruf hätte bleiben und weiterarbeiten können, hätte er wahrscheinlich nie in finanzielle Umstände kommen können, die es ihm erlaubten, das Haus in Panicale zu kaufen.
W. war Schauspieler gewesen. Er war kein unbegabter Schauspieler gewesen, nein, gar nicht, im Gegenteil: er hatte Erfolge gehabt, Kortner hatte ihn einmal gelobt, in Osnabrück, kann auch sein in Münster. In Hannover hatte W. sogar den Hamlet gespielt. Eine Kritik verglich ihn mit dem jungen Gründgens. Aber es gibt halt so viele Schauspieler, und kaum einer – in der entsprechenden Generation – ist darunter, den Kortner nicht irgendwann einmal gelobt hat in Osnabrück oder in Münster, und jeder hat einmal in Hannover den Hamlet gespielt oder in Regensburg den Titus Feuerfuchs, und kaum einer ist nicht von dem einen oder anderen Kritiker mit dem jungen Gründgens verglichen worden. Als W. kurz nach dem Krieg das Angebot bekam, als Nachrichtensprecher beim Bayrischen Rundfunk (der damals noch »Radio München« hieß) einzutreten, sagte er zu. Festes Gehalt, sicherer Posten, keine großen Texte lernen, gesicherte Altersversorgung. Nicht zuletzt war ausschlaggebend gewesen: er hatte eben geheiratet, und ein Kind war unterwegs.
Irrtum ist nicht ganz richtig, höchstens, daß W. dem Irrtum unterlag, die Sache sei harmlos. Es war eher ein Mißgriff, eine Leichtsinnigkeit. Ein Magier kam damals in die Stadt, das war in jenen Jahren noch eine Sensation. Die ganze Stadt re-

dete davon. Ein paar Tage lang waren die (noch sehr dünnen) Zeitungen voll von den wunderbaren Dingen, die der Magier vollbringen konnte: ganze Damen auf offener Bühne verschwinden lassen, einen daumendicken Strick von zehn Metern Länge schlucken, einen lebenden Hund zersägen. Der Saal des nur notdürftig wiederaufgebauten »Bayrischen Hofes« war brechend voll, als der Magier auftrat. Karten wurden schwarz gehandelt, die Atmosphäre knisterte.

Kurz vor zehn Uhr, gegen Ende der Vorstellung, nahm der Magier ein Paket Karten, ließ sich die Augen verbinden, bat eine Dame auf die Bühne, hielt ihr das Kartenpaket hin, fächerte es auf und sagte, sie solle eine Karte nehmen, sich merken, was das für eine Karte sei, darauf achten, daß niemand, gar niemand die Karte sehe, dann solle sie auf ihren Platz zurückgehen, und ein Herr »... wer meldet sich freiwillig? Jawohl. Bitte hierher – « der Herr werde dann dieses Radio hier, »Sie sehen, ein ganz normales Radio...« andrehen. Es kämen ja jetzt die Zehn-Uhr-Nachrichten, und der Sprecher werde die von der Dame gezogene Karte nennen. Ein Raunen ging durch den Saal. Die Dame zog eine Karte, warf einen raschen Blick drauf und drückte sie dann in den Ausschnitt ihres zeitlosen Schneiderkostüms. (So etwas trugen Damen damals, die es sich leisten konnten, einen Platz in den ersten Reihen zu zahlen, oder den entsprechenden Mann hatten.) Der freiwillige Herr drehte das Radio auf. »Bayrischer Rundfunk. Sie hören die Nachrichten. Mit dem Gongschlag ist es zweiundzwanzig Uhr.« Die Stimme W.s, der an dem Abend Dienst hatte. W. verlas die Nachrichten. Koreakrieg, Luftbrücke, Konrad Adenauer. Eine Überschwemmung in Südspanien, ein Flugzeugabsturz in Neuseeland. Das Wetter: zunehmend wolkig und für die Jahreszeit zu

kühl. Und dann sagte W., als ob es zu den Nachrichten gehöre: »Bayrischer Hof: Karo-As.«
Die Dame zog die Karte aus ihrem zeitlosen Schneiderkostüm: Karo-As. Tusch der Kapelle. Tosender Beifall. Und am nächsten Tag bestellte der Intendant W. in sein Büro und sagte: »Sie sind hiermit gefeuert.«
Der Magier hatte sich erkundigt, wer die Nachrichten sprechen wird. Das war kein Geheimnis, das konnte sogar der Portier sagen, brauchte nur auf der Dienstliste nachzusehen: Herr W. Der Magier ging zu W.: »Macht es Ihnen was aus, heute abend bei den Zehn-Uhr-Nachrichten nach dem Wetter: Bayrischer Hof – Karo-As zu sagen? Sie sollen es auch nicht umsonst tun. Hier sind fünfzig Mark.« Fünfzig Mark waren viel Geld damals. Für zehn Fünfzigmarkscheine bekam man schon ein Auto, ein älteres, aus Leukoplast, aber immerhin. W. nahm den Fünfzigmarkschein, und am nächsten Tag stand das Ganze groß in der »Abendzeitung« und W. auf der Straße. (Was niemand wußte: das Paket Karten, das der Magier der Dame hinhielt, bestand nur aus Karo-Assen.)
W. prozessierte beim Arbeitsgericht: er verlor. Klarer Kontraktbruch. Wo kämen wir da hin, wenn jeder – und so weiter. W. versuchte, wieder beim Theater unterzukommen, beim Film – nichts, er war auf die schwarze Liste geraten. Das ist sehr streng in dieser Branche. Wenn einer einmal kontraktbrüchig wird, steht er auf der schwarzen Liste und ist ein toter Mann. Alles wegen eines Karo-As' oder besser gesagt fünfzig Mark, die dann doch nicht soviel Geld waren. Inzwischen war W.s Tochter geboren worden und sollte nicht verhungern. W. versuchte, sich mit dem Magier in Verbindung zu setzen, der aber war schon auf einer Tournee

durch die USA. Ein Brief W.s an den Impresario des Magiers wurde nie beantwortet. W. wurde Versicherungsvertreter. Ein hartes Brot. Praktisch: Hausierer, Klinkenputzer, von Haus zu Haus gehen, läuten, fragen, reden... das machten auch damals nur die, die wirklich gar nichts anderes fanden. Aber W. hatte entweder Glück oder hatte diesen einen brutalen Wink des Schicksals begriffen, oder er hatte eine geschickte Hand, und vor allem war er (im Gegensatz zu den meisten seiner Kollegen) seriös, und so dauerte es nicht lang, da fiel er dem Vorgesetzten auf, er bekam einen besseren Bezirk, dann durfte er auf Kosten der Versicherung eine Schulung machen, dann bekam er die neu aufgezogene Hagelversicherung für Hopfenbauern, das lief praktisch von selbst, dann richtete er sich ein Büro ein, wurde Obervertreter, Regionalbearbeiter, Bezirksdirektor, Chef – verdiente mehr, weit mehr Geld, als er je als Schauspieler verdient hätte, wenn sich da auch nur die Hälfte seiner Träume verwirklicht hätten; und erfahrungsgemäß verwirklicht sich bei Schauspielern allenfalls ein Hundertstel der Träume. (Bei anderen Leuten auch.) Daß W. manchmal in seinem exquisiten Bezirksdirektorenbüro mit Ledergarnitur und Blattpflanzen mit den Gedanken abschweifte, wehmütig an das Theater zurückdachte und sich ausmalte, ob er nicht doch vielleicht eines Tages wieder... das war eine andere Sache. Aber einen anderen Jugendtraum verwirklichte er, wie gesagt: ein Haus in Umbrien.

Das Haus hatte kein elektrisches Licht und keine Wasserinstallation. Das ließ W. später einbauen. Das Haus war auch so gut wie leer, nur in einer Art Schuppen seitlich der Haustür (später: W.s Garage) stand und lag eine Menge altes Gerümpel, darunter ein halbes Fahrrad, ein großes Beil und

das photographische Portrait einer dicken Dame mittleren Alters im Kostüm der Jahrhundertwende, unter Glas in ovalem Rahmen. Und im ersten Stock im Schlafzimmer stand das Bett.
»Das ist Renaissance«, sagte Frau W.
»Schmarren«, sagte W., »das hat doch Rollen. Schau her. Rollen an allen vier Beinen. In der Renaissance hat man noch keine solchen Rollen gehabt.«
»Die Rollen sind später hinzugefügt«, sagte Frau W., »das ist oft so bei Renaissance-Sachen. Denk an die Kirchen.«
»Kirchen auf Rollen?«
»Sei nicht albern. Du weißt, was ich meine. Die schmiedeeiserne Arbeit da ist jedenfalls Renaissance. Zumindest ist es schön. Den anderen Krempel werfen wir weg. Das Bett behalten wir.«

II

Einer unter den zahlreichen Leuten, die beim Auftritt des Magiers im »Bayrischen Hof« dabei waren, war Heinz Segelmann. Nicht als zahlender Gast, sondern als Saaldiener. Sein Pech sei gewesen, sagte Segelmann öfters, daß er – das einzige Kind eines Gemüsehändlerehepaares – genau an der Grenze zweier Schulsprengel aufgewachsen sei. Als er eingeschult wurde, das war gegen Ende des Ersten Weltkrieges und nach einem Hungerwinter, brachte ihn seine Mutter in die Weilerschule, wo aber der Oberlehrer (der wie alle Lehrer damals noch einen Stehkragen trug und ein Tatzensteckerl gebrauchte) nach einigen Wochen feststellte, daß der

Knabe Segelmann, Heinz (recte: Heinrich) eigentlich in die Mariahilf-Schule gehöre. Als Segelmann eines Morgens in die Schule kam und sich auf seinen Platz setzen wollte, sagte der Oberlehrer: »Du gehörst nicht hierher. Die Klasse ist ohnedies überfüllt. Scher dich in deine *angestammte* Schule.« Er deutete mit dem Tatzensteckerl zur Tür. Die anderen Knaben lachten. Segelmann packte seinen tornisterartigen Schulranzen mit Kuhfellbesatz zusammen (ein Erbstück), wurde rot und ging. Er empfand zweierlei: einesteils die selbstverständliche Erleichterung, die jeder Schüler empfindet, wenn, noch dazu unerwartet, der Unterricht ausfällt, anderseits aber doch ein mulmiges Grollen, denn er vermutete oder schloß nicht aus, daß er irgend etwas falsch gemacht hatte. Es war ein sonniger Frühsommertag. Er setzte sich außerhalb der Schule auf den Sims eines Kellerfensters, so daß man ihn von oben nicht sehen konnte, hielt seinen Tornister mit beiden Händen fest und überlegte. Er kam zu keinem Ergebnis. Eine alte, magere Frau mit großer Unterlippe blieb stehen, beugte sich zu Segelmann herunter und sagte: »Ja, Buale, bist du net in der Schul'? Warum sitzt d'n du draußerhalb der Schul' und net drin? Am hellichten Vormittag?«

»Ja, nein«, sagte Segelmann, »bitte, wo ist die *angestammte* Schule?« »Die was?« »Angestammte«, sagte Segelmann, »denn nämlich das da ist die Weilerschule, und ich gehöre nicht in die Weilerschule, sondern in die andere. In die *angestammte*.« »So, so«, sagte die alte Frau, »das verstehe ich nicht.« »Wissen Sie vielleicht, bitte«, sagte Segelmann, »wo die angestammte Schule vielleicht, bitte, ist?« »Das weiß ich auch nicht«, sagte die alte Frau, schüttelte den Kopf und ging. Als es drinnen läutete, der Unterricht aus war und die

Horde seiner – nun: ehemaligen – Mitschüler johlend aus dem Schulhaus platzte, lief Segelmann auch mit und heim.
Den Eltern wagte Segelmann nichts von seiner Schande zu sagen, verschob es auf den nächsten Tag, am nächsten Tag fürchtete er Schläge, weil er es nicht gestern schon gesagt hatte. Er packte seinen Kuhfelltornister, marschierte bis zur Schule, setzte sich auf den Sims des Kellerfensters und wartete. Die alte Frau, die heute eine Gießkanne bei sich hatte, kam wieder vorbei, sagte aber nichts, schüttelte nur den Kopf. Mittags ging Segelmann heim. Nachmittags tat er so, als mache er Hausaufgaben. Er malte Kringel ins Heft. Er hatte schreckliche Angst, daß seine Mutter das Heft kontrollieren würde. Sie kontrollierte es aber nicht. Mit der Zeit kam Segelmann drauf, daß es unterhaltsamer war, an die Isar zu gehen und Steine ins Wasser zu werfen, als am Sims des Kellerfensters der Schule zu sitzen. Er versteckte den Schulranzen unter der Reichenbachbrücke. Wann er heimgehen mußte, wußte er: er konnte zwar die Uhr an der Maximilianskirche nicht ablesen, aber die Glockenschläge konnte er zählen. Der Schwindel kam erst auf, als Segelmann vor den Sommerferien kein Quartalszeugnis heimbrachte. Es setzte Prügel vom Vater Gemüsehändler; im Herbst mußte Segelmann in die Mariahilf-Schule, aber das, was er in der Zeit versäumt habe, sagte Segelmann später, habe er eigentlich nie aufgeholt.
Kurz nach Ende des Krieges verkaufte der alte, dicke Gemüsehändler Segelmann sein Haus nebst Laden zu einem, wie er meinte, äußerst günstigen Preis. Er legte das Geld auf die Bank und wollte, wie er am Stammtisch im *Ohlmüller-Hof* erzählte, von den Zinsen als Privatier leben. Nach der Inflation ging er zur Trambahn als Schaffner. Etwas Besseres

fand er nicht. Frau Segelmann weinte über die Schande und ging nicht mehr aus dem Haus. (Immerhin hatte sie die Wohnung in ihrem ehemaligen Anwesen gratis, denn Segelmann hatte sich Wohnrecht auf Lebenszeit ausbedungen.) »Wenn Du wenigstens auf der *Einser* oder *Zweiundzwanziger* oder so was eingesetzt würdest«, jammerte sie, »aber ausgerechnet auf der *Siebener,* die wo quasi am Haus vorbeifährt.« Wenn der alte Segelmann in der Trambahn jemanden traf, den er von früher kannte, schaute er zu Boden und tat so, als erinnere er sich nicht.
1925 wurde Heinz Segelmann zu einem Installateur in der Rumfordstraße in die Lehre gegeben. Das war am 1. Mai. Der Installateur hieß Derendinger und war groß und mager, hatte ein dunkelbraunes Gesicht und zwei ganz tiefe Falten, die sich von seitwärts der Nase am Mund vorbei bis zum Kinn hinunterzogen.
»O mei, o mei«, sagte der Installateur Derendinger zum Vater Segelmann, »dann lassen S' ihn mir halt da, Ihren Buben. O mei, o mei.« »Was ist denn?« fragte der Trambahnschaffner Segelmann, »warum jammern S' denn so?« »Die Zeiten! die Zeiten!« ächzte Derendinger, »was wird der arme Bub alles erleben.« Am 2. Mai in der Früh um sechs trat Segelmann seinen Dienst an. Er mußte die Werkstatt putzen, aus dem Keller Werg holen, die Lötlampe halten, Werg in den Keller tragen, die Werkstatt putzen. Oft schaute Derendinger seinen Lehrling Heinz lang und durchdringend an. Die ersten Male erschrak Heinz, aber dann merkte er, daß der Meister ihn nicht an-, sondern durch ihn hindurchschaute. Oft zehn Minuten lang. Heinz stand wie hypnotisiert, wagte sich nicht zu regen. Endlich seufzte Derendinger tief auf und sagte »O mei, o mei«, und wandte sich wieder

einem Bleirohr zu. Auch am 4. Mai, einem Samstag – damals selbstredend ein voller Arbeitstag –, stand Heinz um sechs Uhr vor der Werkstatt und zog am Klingelzug. Es rührte sich aber nichts. Heinz wartete, läutete wieder – nichts. Heinz wußte inzwischen, daß man auch durch die Wohnung hinten in die Werkstatt konnte, und daß der Schlüssel zur Wohnung in der Dachrinne des Holzschuppens im Hof lag. Heinz ging durch das Hoftor, holte den Schlüssel, sperrte die Wohnungstür auf und fand den Meister Derendinger, der am Fensterkreuz in der Küche hing.
Heinz ging rückwärts wieder hinaus, sperrte zu, setzte sich im Hof auf eine Aschentonne und wartete. Ab und zu schaute er zum Küchenfenster hinüber, hinter dem ein Schatten baumelte. Die alte Frau Zierhut aus dem Hinterhaus kam herunter in ihrer Kittelschürze und mit hinuntergerollten Strümpfen. Sie hatte eine leere Kanne in der Hand und wollte zur Milchfrau. »Ja, was is', Heinzi?« fragte die Zierhut, »hast du scho' Feierabend?« Heinz spürte einen Knödel im Hals, und den – so erzählte er später öfters – konnte er nur herausdrücken, wenn er lachte. Obwohl ihm ganz und gar nicht zum Lachen war. »Der Meister«, kicherte Heinz, »hat sich…«, er kicherte, »…aufg'hängt.«
»Mit so was macht man keine Witz, dummer Bua!« fauchte die Zierhut, schüttelte den Kopf, »diese Jugend!« und schlurfte davon. Heinz ging an die Isar und warf Steine ins Wasser. Abends fuhr er mit der Straßenbahn heim. Er durfte als Familienangehöriger eines Schaffners gratis fahren, hatte einen entsprechenden Ausweis.
Diesen Sonntag hatte Papa Segelmann dienstfrei. Die Familie machte – gratis Straßenbahn fahrend – einen Ausflug mit dreimal Umsteigen nach Nymphenburg. Heinz mußte immer

noch lachen. »Was lacht er denn, der Depp?« fragte der alte Segelmann. »Er kommt halt in das schwierige Alter«, sagte Mama Segelmann.
Am Montag früh um halb sechs sagte Heinz beim Frühstück: »Ich brauch', glaub' ich, nicht in die Arbeit, weil –« Er wollte ernst bleiben, aber – nicht er, sondern *es* lachte in ihm und lachte sozusagen über ihn hinaus, nicht sehr laut, aber hörbar. »Was?!« sagte die Mutter. »– weil sich der Meister aufg'hängt hat.« »Gleich kriegst eine Watschen. So was. Eine blödere Ausred' findest nicht. Sei froh, daß d' eine Lehrstell' hast, jetzt in der schweren Zeit. Da! Nimm dei' Brotzeit und drah di'.« Heinz nahm die verbeulte Aluminiumdose unter den Arm, ging zur Isar und warf Steine ins Wasser. Das Lehrgeld für Juni (4 Mk.) packte die Mutter am 31. Mai zur Brotzeit. Das für Juli am 30. Juni. Das für August am 31. Juli. Der alte Segelmann wunderte sich, daß der Sohn so braungebrannt war im Gesicht. »Wir haben viel außerhalb zu tun«, log Heinzi. Das Lehrgeld für September am 31. August. Und so weiter. Ab Mitte Oktober war es dann an der Isar zu kalt zum Nur-so-Dasitzen. Heinzi streunte in der Stadt herum, fuhr gelegentlich Straßenbahn – war ja gratis für ihn –, um sich aufzuwärmen; selbstverständlich nur mit solchen Linien, wo er sicher war, daß der Vater da keinen Dienst hatte. Dann kam er drauf, daß es im Wettbüro in der Herzogspitalstraße immer warm war. Dort konnte man sich hinsetzen und den Männern zuhören, die über Pferde stritten. Es roch nach billigem Bohneröl, kaltem Rauch und ungewaschenen Füßen. Das Publikum war entsprechend. Manche hatten nach dem Wetten nicht einmal mehr das Straßenbahngeld, um nach Riem oder Daglfing hinauszufahren. Die Rennzeitungen lagen aus und konnten kostenlos eingesehen werden.

Heinzi las. Ohne daß er je ein Pferderennen besucht hätte, und ohne daß er je selber gewettet hätte, wurde er im Lauf der Monate einer, den man für eine Kapazität hielt. »Der red't nix, weil er viel weiß«, sagte Klawitzky, der immer Stiefel trug und ein Gesicht wie ein Ferkel hatte. Ab und zu gab Heinz, damit er nicht als hochnäsig dastand, einen fachmännischen Tip. Meist stimmte der Tip nicht, selbstverständlich nicht, welche Tips stimmen schon, aber manchmal stimmte er doch, das heißt: das Pferd, das Heinz genannt hatte, gewann. Es ist seltsam. Wenn einer einmal gerüchtweise oder sonstwie als Kapazität gilt, kann er sagen, was er will, es zählt. Die Fehler werden vergessen, die Treffer leben weiter. Im Frühjahr, als Heinz schon ab und zu wieder für einen halben Tag an die Isar ging anstatt ins Wettbüro, kaufte Frau Segelmann einen Kopf grünen Salat. (In dem Laden, der früher ihr gehört hatte; nie betrat sie ihn ohne Wehmut.) Die neue Gemüsefrau, Frau Meindel, die im übrigen Frau Segelmann mit viel Delikatesse behandelte und nie auf den sozialen Niedergang anspielte, wickelte den Salatkopf in ein Zeitungspapier. Herr Segelmann hatte – seit er durch die Inflation zum armen Mann gemacht worden war – gewisse Spargewohnheiten angenommen. So wurde bei Segelmann kein Klosettpapier gekauft, zu dem Zweck statt dessen Zeitungspapier verwendet, das Herr Segelmann – eine Beschäftigung, die er sogar liebte – am Feierabend mit einem scharfen Messer in handliche, etwa postkartengroße Stücke schnitt. (Daß er damit den ihm durch die Inflation zugefügten Verlust aufgefangen hätte, wäre zuviel gesagt.) Da saß er oft stundenlang, denn er las, während er schnitt, den oder jenen Zeitungsartikel, und in dem Zeitungsblatt, in das die Gemüsefrau den Salatkopf gewickelt und das die Frau Segel-

mann sparsam, wie sie geworden, glattgestrichen und zu den anderen zu schneidenden Zeitungen gelegt hatte, las Herr Segelmann einen kurzen Bericht aus dem Polizeiteil, in dem vom Selbstmord eines Installateurmeisters berichtet wurde.
»Ts, ts, ts«, sagte Herr Segelmann (noch völlig unbeteiligt), »da schau her. Aufg'hängt. Ts, ts, ts.« Er fügte das bereits abgetrennte Stück unten nochmals an, um weiterlesen zu können. »Da schau her. In der Rumfordstraße. Gibt's da mehrere Installateure? Das ist ja ganz in der Nähe von euch?« wandte er sich an Heinz. Heinz zog den Kopf ein. »Weiß nicht.«
Vater Segelmann vertiefte sich weiter in den Bericht, las ihn nochmals von vorn: »Ja – da steht ja: der Installateurmeister D.! Dein Meister heißt doch Derendinger –?«
»Ja. Schon«, sagte Heinz.
»Rumfordstraße 12! Du – sag' einmal – «
»Ich hab'«, krähte Heinz, »damals der Mama schon g'sagt, beziehungsweise sagen wollen – «
»Waß?« schrie Frau Segelmann.
»Du hast mir's ja nicht 'glaubt!«
»Das war fast vor einem Jahr!« rief Mama Segelmann. Vater Segelmann raffte rasch die geschnittenen Zeitungspapiere zu sich her, wühlte, setzte puzzleartig die Seite zusammen: »Ja – ja – ja! das ist eine Zeitung vom vorigen Jahr. Vom Mai!«
»Die Mama hat mir's ja nicht geglaubt!« Heinz weinte; trotz seiner gut fünfzehn Jahre.
So kam es also heraus. Auch Mama Segelmann weinte. Vater Segelmann lief rot an. Er fuchtelte mit dem Messer. Man konnte schwer ausmachen, ob er Heinz oder sich erstechen wollte oder ob er nur nach Luft rang und das Messer zufällig in der Hand hielt.
»Was – «, keuchte er, » – was – was hast du – hast du in der

ganzen Zeit – gemacht? Und wo ist – wo ist – das Lehr – das Lehr – das Lehrgeld...?«
»Alois, vergiß dich nicht!« schrie Frau Segelmann.
»Ja, mei«, weinte Heinz.
Dem alten Segelmann entfiel das Messer. Die Mutter hob es schnell auf und versteckte es unter ihrer Schürze. Aber Segelmann rührte nie mehr ein Messer an: er sank in den Sessel zurück und war von da an halbseitig gelähmt. Die Sprache verlor er auch fast ganz. Er schielte greulich. Etwas mehr als zehn Jahre lebte er noch so. Die Frau mußte ihn abhalten und wickeln und füttern wie ein Kind. Kurz bevor er starb, sagte er relativ deutlich: » – macht 44 Mark.« Nämlich das Lehrgeld für 11 Monate, das Heinz veruntreut hatte. Als ob er zehn Jahre in seiner dumpfen Gelähmtheit gebraucht hätte, um das auszurechnen.
Selbstverständlich mußte Segelmann pensioniert werden. Die Pension war – wegen der wenigen Dienstjahre – schmal. Immerhin durften sie ja noch in der Wohnung gratis wohnen. Ein Segen. Frau Segelmann vermietete, meist an Studenten. Man mußte zusammenrücken. Es knirschte, aber es ging, mußte gehen. Heinz bekam 1926 keine Lehrstelle mehr. Die ganz schlechte Zeit hatte angefangen. »Was heißt: ein Jahr Lehrzeit?« sagte ein Installateur, bei dem sich Heinz bewarb, »eigentlich bloß zwei Tag'. Und jetzt bist d' sechzehn. Da sind die andern schon fast ausg'lernt.«
Heinz bewarb sich bei vielen Installateuren. Der Fall Derendinger war nicht unbekannt geblieben in der Branche. Es war nicht zu verkennen, daß manchen Installateur eine gewisse abergläubische Scheu ergriff, als er Heinz sah.
Im Herbst gab es Heinz auf, bei Installateuren eine Lehrstelle zu suchen. Er suchte nur noch nach irgend etwas. Beim Koh-

lenhändler Marx in der Entenbachstraße fand er Arbeit. Natürlich bildete der Kohlenhändler Marx keine Lehrlinge aus. Kohlenhändler ist überhaupt kein Beruf, den man lehren und lernen kann. Marx hatte im Hinterhof eines Hauses in der Entenbachstraße einen Verschlag, und der Verschlag war in fünf Abteilungen geteilt: ganz hinten der Koks, davor die Steinkohle, nochmals davor die Briketts (viereckige und Eier –), nochmals davor Bündelholz, und ganz vorne das, was Marx »das Büro« nannte. Außerdem hatte Marx einen Karren und einen Bernhardiner. Von dem Tag ab, an dem Heinz Segelmann bei ihm arbeitete, rührte sich Marx nicht mehr aus seinem »Büro« fort, es sei denn, er holte sich (in einem Maßkrug) im *Hofglaser* an der Gassenschänke »einen Enzian«. Der Maßkrug war nicht ganz voll, also kein ganzer Liter Schnaps. Ein halber Liter schon. Manchmal holte Marx am Nachmittag noch einmal »ein Quartel«. Er pflegte den Enzian mit Selterswasser zu strecken.

Heinz mußte in der Früh um halb fünf Uhr da sein. Dann aufladen: von jedem – also Kohle, Koks, Briketts und Bündelholz – eine gewisse Portion. Der Bernhardiner, für den in diesem Fall die Bezeichnung »armer Hund« angebracht war, legte sich ins Geschirr; anfangs, wenn der Karren noch ganz beladen war, mußte Heinz mitschieben, der Hund allein schaffte es nicht. So zogen sie durch die Höfe, bei Wind und Wetter, bei Hitze und Eis. Heinz hatte einen Trichter aus Zinkblech dabei, durch den schrie er aus: »Koo – lään! Koo – lään!« Geschäft ging immer, auch im Sommer, denn die Küchenherde mußten ja auch geheizt werden. Im Winter war aber natürlich mehr zu tun. Oft am Tag zehn oder mehr Fuhren. Der Nachschub in die Kohlenhandlung kam jeden Dienstag: ein gewaltiges Rollfuhrwerk mit zwei Gäulen. Da mußte dann Heinz abladen helfen. Besonders ungern lud er mit der langzinkigen Gabel den Koks ab, der so sperrig war und sich so schwer fassen ließ. Der Rheumatismus an allen Gelenken, an dem Heinz Segelmann von seinem zwanzigsten Lebensjahr ab litt, kam aus seiner Steinkohlenzeit.

Die Entlohnung war nicht so recht geregelt. Als Heinz an dem Abend, bevor er den Posten antrat, Marx fragte, was er als Lohn zu erwarten habe, brummte Marx: »Fang einmal an, dann werden mir's schon kriegen.«

Es war dann so, daß Marx jeden Abend, wenn Heinz abrechnete und das Geld auf den Holztisch des »Büros« neben den Maßkrug mit dem durch Selterswasser gestreckten Enzian (der um diese Zeit meist schon ziemlich leer war) zählte, die Scheine und Münzen hin- und herschob und dann ein paar kleinere Münzen zu Heinz hinüberschubste. Oft nur Pfennige. »Nicht mehr?« fragte Heinz. »Kannst ja kündigen«, sagte Marx. So begann sich Heinz – na ja – mehr oder weniger systematisch bei der Abrechnung zu irren. Der Alte merkte nie was, erstens, weil Heinz den Betrug nicht übertrieb, zweitens, weil der Alte gar nicht überblickte, wieviel Kohlen Heinz mitgenommen hatte, und drittens, weil der Alte um die Zeit schon besoffen war. So kam Heinz in der Zeit noch auf einen annehmbaren Lohn.

Im Sommer 1930 kam, wie immer am Dienstag, das Rollfuhrwerk mit der Kohlenlieferung. Heinz nahm die Koksgabel und wollte auf das Fuhrwerk steigen, aber der Fuhrmann sagte: »Halt! Einen Moment!« und ging ins »Büro«. Heinz hörte einen erregten Wortwechsel, dann kam der Fuhrmann heraus, schrie Heinz an: »Auf d' Seiten!«, drehte das Fuhrwerk herum, knallte mit der Peitsche und fuhr mitsamt Kohlen wieder zum Tor hinaus. Heinz ging zu Marx hinein: »Was ist denn jetzt?« Marx starrte glasig auf seinen leeren Enziankrug. »Was ist jetzt?« fragte Heinz. »Hol mir einen Enzian«, sagte Marx dumpf. Heinz nahm den Krug und ging hinüber zum *Hofglaser.* »Bargeld!« sagte der Wirt. »Was? Wieso?« fragte Heinz. »Weil ich ihm nichts mehr anschreib'. Da. Das bringst' ihm.« Der Wirt steckte einen Zettel in den Krug und ließ das Fenster der Gassenschänke herunterrasseln. Heinz nahm den Wisch heraus und las: »Für gelieferte Getränke an s. g. Herrn Hildebrand Marx, Kohlenhändler dahir« (mit einfachem i) »summa summarum: 1.283 M 83 Pf. Zahlbar: *sofort.*« Heinz ging hinüber und stellte den Maßkrug mit dem Zettel dem Alten hin. Der las ihn, warf den Maßkrug an die Wand, daß er zersplitterte, sagte: »Die Firma Marx stellt ab sofort den Betrieb ein«, und ging hinaus.

Am übernächsten Tag fand man seine immer noch kohlenstaubverschmierte Leiche im Rechen des Wehrs hinterm Aumeister. Den Bernhardiner brachte Heinz ins Tierasyl. Er selber ging nach drei Jahren zum erstenmal wieder in das Wettbüro. Zum ersten Mal überhaupt setzte er: auf *Dornröschen.* Den für seine Begriffe und für damalige Zeiten generell ungeheuren Betrag von 25 Mark. Und verlor. Aber er traf den Klawitzky wieder.

Dieses Wiedersehen mit Klawitzky – der diesmal eine senfbraune Uniform und eine Hakenkreuzbinde trug – bedeutete für Heinz Segelmann eine entscheidende Wende in seinem Leben, das damit auf einen gewissen Punkt zusteuerte, einen Punkt, der vielleicht der Höhepunkt in Segelmanns Dasein war, möglicherweise der einzige Punkt, an dem er wirklich etwas *tat.* Indem er es *nicht* tat. Dieser Zeitpunkt kam aber erst dreizehn Jahre später.

Klawitzky brüllte im Wettbüro herum, grüßte alle mit »Heil...« und irgendwas, irgendeinen Namen, der Heinz nichts besagte, klopfte Heinz jovial auf die Schulter und ließ sich erzählen, wie es ihm so gehe und warum er sich hier so lange nicht habe sehen lassen. Segelmann erklärte.
»Also beschissen«, sagte Klawitzky dann, »hm, hm. Bist du arisch?« »Was?« fragte Segelmann. »Na! Arisch?! Reinrassig?« Segelmann lachte. Der Bernhardiner bei Marx war möglicherweise reinrassig gewesen... »Ob du Jude bist?« fauchte Klawitzky. »Ich? Jude?« sagte Segelmann, »nicht daß ich wüßte. Allerdings: mein Vater ist halbseitig gelähmt...?« »Das ist Wurscht«, sagte Klawitzky, »wie heißt deine Mutter mit Mädchennamen?« »Bierbichler.« »Ein arischer Name«, sagte Klawitzky, »komm doch zu uns.«
Zehn Jahre lang trug dann auch Segelmann die senfbraune Uniform. Er lernte, welchen Namen man hinter dem *Heil sowieso* sagen mußte, er lernte, was arisch und was nichtarisch ist und allerhand mehr in der Richtung. Lesen, schreiben, rechnen lernte er nicht besser, aber das war auch nicht erforderlich, denn Klawitzky hatte von vornherein mit Segelmann – den er für einen Pferdekenner hielt – etwas anderes vor: es gab einen unter den *Heil sowieso*-Schreiern, der war ein förmlicher Pferdenarr. Weber hieß der, früher Hausknecht im *Blauen Bock,* und unter der Hand erzählte man in der Kameradschaft, daß früher einmal, noch in der *Systemzeit,* der Herr Sowieso, der jetzt Reichskanzler war, beim *Blauen Bock* Schulden gemacht hatte, und der Wirt habe verfügt, daß dieser Sowieso hinausgeworfen werde, und der Hausknecht Weber habe den Sowieso zwar beim Arsch und beim Genick gepackt, aber so *sanft,* ja förmlich *zartfühlend* hinausgeworfen, nein: praktisch *hinausschwe-*

ben lassen (ein talentierter Hausknecht kann das, konnte das, früher), und zudem auf ein besonders weiches Rasenstück, daß das für den künftigen Reichskanzler eher fast ein Vergnügen war. Der Sowieso, der ein ganz hervorragendes Gedächtnis hatte, einerseits fürchterlich nachtragend war, anderseits erwiesene Wohltaten nie vergaß, merkte sich das, und als er Reichskanzler geworden war, wurde der Hausknecht aus dem *Blauen Bock* nacheinander Bezirkstagspräsident, Ratsherr der *Hauptstadt der Bewegung* (welchen Spitznamen dieser Reichskanzler der Stadt München verliehen hatte) und alles mögliche, vor allem aber Eigentümer eines, wie man damals sagte, *arisierten* Rennstalls, und dort durfte mit der Zeit der junge Segelmann ein wenig kommandieren. Inzwischen verstand er wirklich was von Pferden; so schwierig ist das nicht.

In einer Julinacht 1934 – kurz vorher war Vater Segelmann gestorben, Todesanzeige: »von langem, schwerem Leiden erlöst...«, die Mutter wollte hinzusetzen: »...versehen mit den Tröstungen der hl. Kirche...«, aber Segelmann strich den Satz auf dem Weg zur Anzeigenannahme – in einer Julinacht 1934 sah Segelmann Klawitzky das letztemal. Das heißt: das letzte Mal lebend. Als Leiche am nächsten Tag: nackt (sehr behaart, leicht aufgedunsen) und mit einem Loch im Kopf. Daneben mehrere andere ehemalige Kameraden. »Verräter«, tobte Weber. »Schwule«, wurde in der – verbliebenen – Kameradschaft unter der Hand geflüstert, »wollten den warmen Röhm anstelle von Himmler setzen.« Segelmann hatte den Röhm nicht gekannt, kannte den Himmler auch nur von fern. Allerdings: daß der Präsident Hausknecht kein *Warmer* war, dafür hätte Segelmann seine Hand ins Feuer legen können. Gelegentlich war er mit seinen Pferden nach Nymphenburg abkommandiert, wo der Hausknecht-Präsident Sommerfeste veranstaltete. Mit splitternackten BdM-*Mädels* auf den Pferden: »Nacht der Amazonen« Und danach... na ja. Segelmann sagte sich: »Aber, wenn da der Herr französische Generalkonsul und der Herr königlich englische Botschafter auch mit dabei sind... was soll *ich* mich da aufregen?«

Der Krieg berührte Segelmann zunächst wenig. Er war inzwischen Obertruppführer. Präsident-Hausknecht hatte in seiner herrlichen Menschlichkeit Segelmann zum Offizierslehrgang angemeldet, aber Segelmann fiel trotz dieser Protektion durch. Rechtschreibung. Als der Hausknecht das erfuhr, tobte er, drohte die Prüfungskommission durch den Fleischwolf drehen zu lassen; da legte der Kommissionsvorsitzende dem Präsidenten die Rechtschreibarbeit Segelmanns vor. »Geben mit h. *Gehben*. Ich bitte, Herr Präsident«, sagte der Vorsitzende. Der Präsident-Hausknecht setzte seine Lesebrille auf und fixierte das Blatt. »So«, sagte er dann, »na ja.« Mußte in dem Fall klein beigeben. (Später erkundigte er sich unter der Hand, wie man *Geben* schreibt.) So blieb Segelmann SA-Obertruppführer. 1940 heiratete er: Gabriele Feßner, aus Grafing. Sie war geschieden, hatte einen Sohn Sigurd, der damals grad drei Jahre alt war, war Kellnerin im *Café Kustermann* in der Lindwurmstraße gewesen, wo sich der Trupp 106 des Sturms 45, dem Segelmann angehörte, gern am Sonntag zum Tanztee einfand. Der Präsident-Hausknecht ließ sich huldvoll herab, den einen Trauzeugen zu machen. Allerdings trat vor dem Standesamt ein Vertreter auf. Er selber weilte an dem Tag grad in Paris, wo einige weitere Rennpferde arisiert wurden. Als Hochzeitsgeschenk erhielten die jungen Eheleute ein handsigniertes Exemplar von »Mein

Kampf«, ein Bild des Hausknecht-Präsidenten in massivem Silberrahmen, und Segelmann bekam das EK II.
1943 allerdings schien die Herrlichkeit zu Ende. Der Hofstaat des Hausknecht-Präsidenten wurde ausgedünnt. (Es gab ja nun doch auch Neider selbst – und gerade! – in den eigenen Reihen.) Aber Segelmann kam nicht an die Front, sondern zur Lagerbewachung nach Dachau. »Nicht schön«, sagte der joviale Hausknecht-Präsident, als sich Segelmann von ihm verabschiedete, »nicht schön. Pferd' sind schöner als die Juden. Aber immerhin: besser in Dachau aus Juden Seife machen, als wie in Rußland vor die Bolschewiken davonlaufen müssen. Und vor lauter Schlamm net laufen können. Hab' ich mir sagen lassen. Stell' ich mir scheußlich vor.« »Jawohl, Herr Präsident.« »Also dann, Segelmann, dann wünsch' ich ein fröhliches Vergasen. Nach dem Endsieg sehen wir uns wieder.«
»Jawohl, Herr Präsident.« Allein die Tatsache, daß der Präsident-Hausknecht das Wort *Endsieg* hochdeutsch ausgesprochen hatte, zeigte, was er davon hielt. Aber er hoffte auf die Ausdauer der deutschen Wehrmacht einerseits und auf sein Leberleiden anderseits. Zwei Jahre, höchstens drei, hatte ihm sein Arzt mit besorgter Miene unlängst eröffnet. Der Arzt wunderte sich, daß der hohe Patient nicht erschrak, im Gegenteil: daß er sich förmlich freute. Es zeigt sich oft, daß schmale Intelligenz mit erstaunlichem Realitätssinn verbunden ist: die zwei Jahr', oder drei, dachte Präsident-Hausknecht, würden die Heldentode da draußen schon noch seine germanische Fasanenpastete verteidigen.
»Werden Juden vergast?« fragte Frau Segelmann. »Ja«, sagte Heinz Segelmann, »aber das ist Dienstgeheimnis.« Segelmann hatte – vorerst – kein schlechtes Gewissen. Er schob

keinen in den Ofen. Frau Segelmann erzählte es unter dem Siegel der Verschwiegenheit der Milchfrau. Das Lager Dachau hatte immer so an die 400 bis 500 Bewacher, Aufseher, Verwalter. Macht 400 bis 500 Ehefrauen. Es fanden auch Ablösungen und Umschichtungen statt. Sagen wir: einmal alle zwei Jahre. Macht für die zehn Jahre von 1935 bis 1945 2000 bis 2500 Aufseher und Verwalter und Bewacher und ebenso viele Ehefrauen. Und Milchfrauen. Wenn man davon ausgeht, daß es jede Milchfrau nur 10 Kunden unter dem Siegel der Verschwiegenheit weitererzählte, ergibt das vierzig- bis fünfzigtausend. Jede Milchfrau hat einen Mann oder Bruder oder Sohn. 100 000. Wenn jeder nur 10 Vertrauten unter dem Siegel der Verschwiegenheit... eine Million. Und trotzdem schwört bis heute jeder, der damals schon gelebt hat: er hat *nichts* davon gewußt. Merkwürdig.

Ende September 1943 trug es sich dann zu, daß sich das Leben Heinz Segelmanns das erste und einzige Mal zuspitzte. Es geriet ihm nicht zur Schande und war die Sache weniger Stunden. Am Vormittag war es zu einer Schlägerei gekommen. Ab und zu, wenn auch sehr selten, schlug ein Häftling zurück. Ein besonders kümmerlicher Bewachungs-Germane hatte einen baumlangen Zigeuner wirklich bis aufs Blut gequält, wobei der Germane es sichtlich genoß, daß er in seiner Ein-Meter-sechzig-Gnomigkeit das dem Hünen von fast zwei Metern gegenüber ungestraft tun durfte. Aber diesmal eben nicht ganz ungestraft. Der Germanen-Gnom drehte die Schraube eine Idee zu stark. Der Zigeuner holte aus, und der germanische Bewacher flog mit gebrochenem Unterkiefer gegen die Barackenwand.

»Zehn aus der betreffenden Baracke werden erschossen. Sofort«, verfügte der Lagerleiter.

Die Häftlinge wußten, was ihnen blühte. Der Zigeuner kam mit gesenktem Kopf freiwillig heraus. Die anderen glattgeschorenen Elendsgestalten jammerten und baten um Gnade. »Nix da!« fauchte der Lagerleiter. Ein alter Häftling (er hatte noch eine halbe Brille auf, war früher Professor gewesen, jetzt der Barackenälteste) kam nach vorn, nahm vorschriftsmäßig die Mütze ab, grüßte mit Nordischem Gruß und bat sagen zu dürfen, daß sich die anderen Barackeninsassen von der Tat des Zigeuners distanzierten und daß ... »Der ist der zweite«, sagte der Lagerleiter kühl und wippte mit der Peitsche gegen die blanken Reitstiefel. Die anderen acht wurden dann ohne viel Federlesen herausgezogen und mußten unverzüglich die Grube schaufeln.

Heinz Segelmann wurde zum Peloton eingeteilt. Er saß gerade in der Kantine und aß sein zweites Frühstück: einen Salzhering und ein hartes Ei, als der Köbel Kurt eintrat; auch Obertruppführer. »Zehn werden erschossen. Nimm deine Knarre und komm.«

Segelmann legte das Stück Salzhering, das er grad in den Mund nehmen wollte, wieder aufs Papier und starrte den Köbel an.

»Ja – was is'?« sagte Köbel.

Gut – oder besser: schlecht. Segelmann war kein Engel. Er hatte auch schon manchem Häftling einen in den Hintern getreten, und manchem hatte er eine Ohrfeige gegeben und die weiblichen Häftlinge sich nackt ausziehen und um die Baracke hopsen lassen und so weiter. Aber erschossen hatte er noch keinen.

»Nein«, sagte Segelmann.

»Spinnst du, Segelmann?« brüllte Köbel. »Dann bist du selber dran.«

»Nein«, sagte Segelmann.
»Doch. Klar. Sofort bist du selber dran. Kannst dich gleich mit an die Wand stellen.«
»Nein«, sagte Segelmann. »Nein«, sagte er auch zum Chef. Dem Chef blieb die Luft weg. »Das ist ein Befehl!« schrie er. »Ich kann zu so was nicht befohlen werden«, sagte Segelmann leise.
Der Chef schnappte nochmals nach Luft. Dann pfiff er durch die Zähne, winkte mit der Peitsche den anderen Bewachern; die schulterten das Gewehr und marschierten hinaus. Wenige Minuten später krachten die Schüsse. Und was passierte dem Segelmann? Volle vier Tage erwiderte der Chef Segelmanns Gruß nicht, so zackig und eifrig der auch salutierte. Mehrere Wochen wurde Segelmann in der Kantine wegen seiner zarten Seele gehänselt. Und als zu Weihnachten die Bewacher das EK I erhielten, wurde Segelmann übergangen.
Ende April 1945 wechselte die Wachmannschaft von den Dienstgebäuden in die Baracken über, und nun setzte es seitens der Amis Ohrfeigen, wenn Renitenzen oder Frechheiten vorkamen. Das Essen aber selbst der jetzigen Gefangenen war eher besser als vorher das der Bewacher. Erschossen wurde keiner. Nur der Vize-Chef hängte sich auf, er sich selber. (Der Chef war schon vorher getürmt.) Der Prozeß danach war natürlich nicht schön. Viel Sorgfalt auf die Beweisaufnahme wurde nicht verwendet. Es sagten ja auch alle das gleiche: »Befehlsnotstand. Hätte ich nicht..., wäre ich selber dran gewesen.« Segelmann benannte den Köbel als Zeugen für den Vorfall damals. Köbel sagte, er könne sich an nichts erinnern. Im Juli 1948 wurde Segelmann entlassen. Seine Frau hatte inzwischen einen Ukrainer geheiratet und wartete auf das Visum nach Amerika. Daß die Ehe geschie-

den worden war, erfuhr Segelmann erst jetzt. Er fand zunächst eine Arbeit als Nachtwächter, dann als Spüler im Hotel »Bayrischer Hof«, dann durfte er den Saaldiener machen. So erlebte er den Vorgang mit dem Karo-As. Von den Weiterungen, die der dem Schauspieler W. brachte, erfuhr er nichts. Nach einigen Jahren wurde er Zimmerkellner. Besser bezahlt. 1981 sollte Segelmann nach fast dreißig untadeligen, wenngleich unauffälligen Dienstjahren »in Rente gehen«. 1977 stieg ein Edelsteinhändler namens Roberto Zwetsch aus Buenos Aires in einer der Suiten ab, für die der alte und inzwischen als besonders zuverlässig geltende Zimmerkellner Segelmann zuständig war; nicht im Haupthaus, sondern drüben im Palais Montgelas. Señor Zwetsch hatte einen Aktenkoffer, den er, soweit Segelmann das beobachten konnte, nie aus der Hand gab. Wenn Zwetsch noch im Bett lag (gelegentlich mit einer jüngeren Dame, ab und zu auch mit einem jüngeren Herrn), und Segelmann servierte das Frühstück, lag der Aktenkoffer unter Zwetschens Kopfkissen. Saß Zwetsch am Tisch, nahm er den Koffer zwischen die Füße. Lag er im Sofa vor dem Fernseher, hatte er einen Fuß oder eine Hand auf dem Koffer. Zwetsch blieb länger, mehr als eine Woche. In der zweiten Woche sprach ein neu eingestellter Garagenhelfer Segelmann an. »Bei dir ist doch dieser Zwetsch?« »Ja«, sagte Segelmann, »und?« »Da«, sagte der Garagenhelfer und gab Segelmann den gehüteten Aktenkoffer. Segelmann zuckte, der Garagenhelfer lachte. »Das ist nicht *dem* sein Koffer, es ist nur exakt das gleiche Modell. Wenn du die beiden Koffer vertauschst, dann gehört das da dir.« Der Garagenhelfer zeigte einen großen, braunen Schein. Einen Tausender. »Der Hund paßt so auf«, sagte der Garagenhelfer, »wir haben alles Mögliche schon probiert. Du bist der einzige, als Zimmerkellner, der eine Chance hat.« »Nein«, sagte Segelmann. Der Garagenhelfer packte Segelmann am Kragen. Der Junge war viel stärker als der alte Zimmerkellner: »Du machst es«, fauchte er. »Laß mich los«, krächzte Segelmann, »oder ich schrei'.« »Hört dich niemand hier«, lachte der Garagenhelfer, »ich beutle dich so lang, bist du es machst.« »Nein«, gurgelte Segelmann heraus. Der Garagenhelfer warf Segelmann weg wie etwas Unnützes. Segelmann prallte gegen eine Mülltonne und schlug sich den Hinterkopf auf. Er rappelte sich hoch. »Halt«, sagte der Garagenhelfer, »bleib da.« Und dann fast höflich: »Bitte!« »Nein«, sagte Segelmann. »Ich kriege selber die größten Schwierigkeiten von meinem Boss, wenn ich nicht bis morgen den Koffer habe.« »Wer ist dein Boss?« fragte Segelmann. »Das geht dich nichts an, aber – «, der junge Garagenhelfer würgte, » – gestern hat er mir eine Frist von 48 Stunden gesetzt, sonst...« »Sonst?« fragte Segelmann. »Eben: *sonst*«, sagte der Garagenhelfer, »*bitte!!*« »Nein.« »Dann leih mir wenigstens deine Uniform.« »Die paßt dir gar nicht.« »Für einmal geht's.« »Nein.« »Bitte.« »Nein.« Segelmann hatte es während des Disputs verstanden, sich unbemerkt zu der einen eisernen Tür zu tasten, jetzt machte er sie rasch auf und rannte die Stiege hinauf, so schnell es ging, der Garagenhelfer hechtete ihm nach, aber oben, wo er Segelmann einholte, waren schon Leute, anderes Personal. »Wenn du *ein* Wort davon sagst«, zischte der Garagenhelfer, »dann läßt dich mein Boss zerquetschen.«

Der Chefportier sah die beiden. »Was haben Sie hier zu suchen?« fuhr er den Garagenhelfer an, »ist unten nichts zu tun?« »...nur *ein* Sterbenswörtchen, und – «, fauchte er noch, dann verschwand er.

Bei der Gerichtsverhandlung sagte der Chefportier wahrheitsgemäß aus, daß er gesehen habe, wie der Garagenhelfer, der ein eingeschmuggelter Gauner war, mit dem inzwischen selbstverständlich entlassenen Zimmerkellner Segelmann getuschelt habe. Segelmann versuchte dem Richter den wahren Vorgang zu erklären. Schon die Erklärung einfacherer Vorgänge bereitete Segelmann Schwierigkeiten. Der Richter wurde ungeduldig. »Die Wahrheit«, sagte er dann milde, »Herr Angeklagter, die Wahrheit ist immer *einfach*. Glauben Sie mir. Ich bin seit zwanzig Jahren Richter, ich kenne mich aus. Kenne mich aus.« Der Richter war sehr rund, hatte eine Glatze und Froschaugen, bemühte sich aber um große Gesten. »Die Wahrheit ist nie kompliziert. Lassen Sie Ihre gewundenen Erklärungen. Wie anders als durch Sie, den Zimmerkellner, soll der Aktenkoffer ausgetauscht worden sein?« »Ich weiß nicht«, sagte Segelmann. »Eben!« sagte der Richter. »Er muß es«, sagte der Angeklagte Segelmann, »also der Garagenhelfer muß es irgendwie anders zuwege gebracht haben.« »*Irgendwie* ist sehr gut«, quakte der Richter und wischte sich über die Glatzenkugel. »Er, also der Garagenhelfer, war ja selber unter Druck, hat er mir gesagt, von seinem *Boss*.« »Jetzt fangen Sie gleich mit der Mafia an«, sagte der Richter, »erzählen Sie doch keine Märchen.« »Vielleicht war eine der Damen... oder der jungen Herren, die öfters bei Herrn Zwetsch waren...«
»Schluß jetzt!« donnerte der Frosch, »der Chefportier hat gesehen, wie Sie mit dem anderweitig verfolgten Dollbrück, vulgo *heiserer Günter*, getuschelt haben. Oder wollen Sie vielleicht behaupten, daß der Herr Chefportier gelogen hat?« »Wo ist der anderweitig verfolgte Dollbrück?« fragte Segelmann. »Das wüßten wir auch gern«, sagte der Staatsanwalt,

der dann sechs Jahre Freiheitsstrafe beantragte. Das Gericht entsprach dem. Nach vier Jahren bekam Segelmann das »Drittel« und wurde entlassen. Er fand zunächst Unterschlupf in einem Männerheim der *Caritas,* das war, wie man ihm aber sofort sagte, nur vorübergehend. Segelmann suchte eine Wohnung, wenigstens ein Zimmer, fand nichts, jedenfalls nichts, was er sich von seiner Rente leisten konnte – die bis zur Freigrenze aufgrund eines Vollstreckungstitels Fa. Roberto Zwetsch ./. Segelmann, Heinz monatlich vom Gerichtsvollzieher geholt wurde; die Gesamtsumme, Schadenersatzforderung nebst Zinsen und Kosten belief sich auf ungefähr 300 000 Mark. Der Gerichtsvollzieher, ein gemütlicher Mann, rechnete aus, daß Segelmann knapp 950 Jahre alt werden müsse, dann wäre die Schuld getilgt. Rechtzeitig lernte Segelmann den Rolf kennen, einen ehemaligen Kunstmaler. »An und für sich«, sagte Rolf, »bin ich nicht ehemaliger Kunstmaler, sondern Kunstmaler ohne ehemalig. Kunstmaler ist man immer. Das ist kein Beruf, das ist mehr was Höheres, innen drin, verstehst du? Auch wenn man keinen rechten Arm mehr hat. Ein Künstler kann nicht in Pension gehen.« Segelmann gab die Hälfte der nicht gepfändeten Rente ab und durfte in Rolfs *Atelier* wohnen. Das Atelier war ein Verschlag im Dachboden eines Hauses in Laim. Geheizt wurde es im Winter durch einen Kanonenofen, von dem allerdings der Hausherr nichts wissen durfte. Von der anderen Hälfte der Rente ernährte Segelmann sich und den Rolf. Rolf bekam keine Rente, nur Sozialhilfe.

III

»Mein Schicksal«, sagte Klühspieß, »sind die Weiber. Das liegt wahrscheinlich daran, daß wir daheim nur drei Buben waren, und die Mutter war so genierlich, wie man halt damals war. Und so Heftln wie heute, *Playboy* oder dergleichen, die hat es noch nicht gegeben. Außerdem: die Sünde. Die Angst vor der Sünde. Und die Angst vor dem Vater, wenn er einen eventuell erwischt, abgesehen davon, daß solche Heftln, wenn es sie überhaupt gegeben hat, unerschwinglich waren. Unerschwinglich. Wenn ich eine Schwester gehabt hätte, dann wäre wahrscheinlich alles anders verlaufen. Praktisch keine nackte Frau gesehen bis ins neunzehnte Lebensjahr. Eigentlich bin ich nur deswegen auf die Akademie gegangen, weil ich gehört habe: dort stellen sich Weiber nackt hin und lassen sich zeichnen. Sie können sich meine irren Träume, so vor dem Einschlafen, gar nicht vorstellen: wie die Weiber sich da ausziehen, der Reihe nach, und dann so hinstellen... eine schöner wie die andere, eine praller wie die andere. Diese Ärsche, diese Busen... obwohl ich, bitte sich das vorzustellen, bis dahin überhaupt noch nie einen Arsch respektive Busen in natura gesehen habe. Trotzdem habe ich sie mir vorgestellt. Offenbar hat man die Vorstellung davon irgendwie in sich. Wenngleich: ungenau. War dann alles ganz anders. Erstens: mein Vater hat fast einen Tobsuchtsanfall gekriegt, wie ich ihm eröffnet habe, daß ich auf die Akademie will. Da war ich vierzehn. Nach der Schule. Ich konnte ihm ja nicht sagen, *warum* ich auf die Akademie wollte. Wenn ich den wahren Grund gesagt hätte... obwohl, noch mehr toben, wäre fast nicht möglich gewesen. Der

Schlag hätte ihn vermutlich getroffen. Er war ja Kassier vom katholischen Gesellenverein und hat bei der Fronleichnamsprozession die Fahne getragen. Jedenfalls mußte ich in die Lehre. Schreiner, was sich aber, muß ich sagen, später als günstig herausgestellt hat. Ich habe mir vorgenommen: gut, lerne ich Schreiner, aber dann, sobald ich mir mein eigenes Geld verdient und was gespart habe, gehe ich sofort auf die Akademie, die nackten Weiber zeichnen. Ehrlich gesagt: aufs Zeichnen ist es mir nicht so angekommen. Aber, das war mir klar: drei Jahre Lehrzeit, drei Jahre warten. Es sind dann sogar fünf Jahre geworden. Ich bin fast immer am Sonntag im Sommer ins Freibad gegangen – aber diese riesigen Badeanzüge, praktisch nichts zu sehen, damals. 1925. Da war man allgemein, was die Damen betrifft, weniger freizügig. Haben natürlich auch versucht, durch Astlöcher in andere Kabinen hineinzuluren – kaum was gesehen. Nicht der Rede wert. Oder der andere Lehrling, der Poißl, der hatte sage und schreibe vier Schwestern. Er hat mich einmal mit zu sich heimgenommen und hat mir versprochen, daß ich durch die Oberlichte schauen darf, wenn eine seiner Schwestern badet. Herrschaftzeiten! – ich habe die Nächte davor nicht schlafen können, habe mir dem Poißl seine Schwestern vorgestellt – im Bad, pudelnackert, wie sie sich in der Wanne wälzen... ach ja. Dabei habe ich sie noch gar nicht gekannt, die Schwestern. Ich habe sie mir dick, prall, griffig vorgestellt. Die erste Enttäuschung war, daß alle vier Poißl-Schwestern dürr wie die Habergeißen waren. Und baden gegangen ist ums Verrecken keine. So bin ich also neunzehn Jahre alt geworden, bis ich das erstemal ein nacktes Weib gesehen habe. Mit siebzehn war ich ausgelernt, habe die Gesellenprüfung bestanden, zwei Jahre habe ich gearbeitet und gespart. Dann war es soweit. Das Talent hätte, hat der Professor gesagt, eigentlich nicht gereicht für die Aufnahmeprüfung, aber die Tatsache, daß ich ausgelernter Schreiner bin, das hat den Ausschlag gegeben. Eine solide Handwerksgrundlage für die Kunst, hat der Professor gesagt, das ist es, was wir brauchen. Und ich mußte ihm, umsonst, versteht sich, die Keilrahmen machen, für seine eigenen Bilder. *Hermann* hat er geheißen, Professor Hermann. War seinerzeit ziemlich berühmt. Das beste an seinen Bildern waren die Keilrahmen. 1933 hat er zweihundertachtzig von seinen Bildern verbrannt und die komplette Auflage eines Buches über ihn aufgekauft: weil abstrakt. Hatte sich so um 1925 herum der abstrakten Richtung angeschlossen, und 1933, na ja, Sie wissen schon. Prost. Ja, und danach hat er sich mehr der Scholle zugewandt. Also technisch und handwerklich war alles einwandfrei. Auch sehr groß. Aber halt Scholle und so, beziehungsweise *Blut und Boden.* Sämann. Der Wehrstand und der Nährstand. Nackte Bäuerinnen. Alles blond und blauäugig. Das Bild *Badende SA-Männer am Alpensee* soll der Röhm aufgekauft haben, kurz bevor er... Sie wissen schon. Das Bild *Heldenwache* hat die Akademie dem Hitler zum fünfzigsten Geburtstag geschenkt. War auch von mir – der Keilrahmen. Da war ich schon Meisterschüler von Professor Hermann und Assistent. Da hab' ich natürlich schon längst jede Menge nackte Weiber gesehen gehabt. Schon seit – warten Sie, wann bin ich auf die Akademie gekommen? 1932, ja, kann auch sein schon '31. Jedenfalls war ich praktisch am Platzen vor Gier auf die nackten Weiber. Wann, habe ich den Professor gefragt, kaum daß ich die Tür hinter mir zugemacht habe, wann ist Aktzeichnen? Nächste Woche, hat der Professor gesagt, das Modell hat Grippe. *Eine* Woche warten. Na ja, sie ist auch vorbeigegangen. Nina hat sie geheißen, war das Lieblingsmodell vom Professor. Praktisch kegelförmig, also, Sie verstehen: *zwei* Kegel, mit der Grundfläche aufeinander. Oben ein winziger Kopf, dann langsam auseinandergehend bis zu ungeheuren Hüften, dann wieder schrumpfend bis zu winzige Füß'. Ich könnt' sie heute noch im Schlaf zeichnen. Ich kenn' jede Falte an ihr. Fünfzig Jahre war die alt, damals, ungefähr. Die Enttäuschung eines Zwanzigjährigen können Sie sich vorstellen. Na ja, aber immerhin nackert. Tausendmal hab' ich sie gezeichnet im Lauf der Jahre. Jedes Härchen seh' ich heut noch vor mir. Ich hab' das Gefühl gehabt: sie ist gern nackert. Sie ist nichts lieber als nackert. Sie genießt das. Sie hat sich förmlich ungern wieder angezogen. Sogar in den Pausen hat sie sich nicht angezogen, sondern ist so dagesessen und hat uns Kaffee gemacht. War überhaupt eine Seele von einem Menschen, die Nina. Einmal habe ich sie zufällig in der Stadt getroffen. Habe sie nicht erkannt: sie war angezogen. Später dann – zahlen Sie mir noch ein Weißbier, dann erzähle ich weiter? – Ja, danke. Später dann – ich heiße übrigens Rolf. Ja, also: später dann haben wir natürlich auch noch andere Modelle gehabt. Logisch – die Nina hat sich ja eigentlich gar nicht mehr hinstellen brauchen, die haben wir auswendig zeichnen können. Andere Modelle, auch jüngere. Ja, ja. War eine schöne Zeit. Und ich hab' die Keilrahmen gemacht für den Professor Hermann. Deswegen bin ich *u. k.* gestellt worden. Sie wissen nicht mehr, was das ist: *u. k.* gestellt? Ein Zauberwort damals. Eines der wichtigsten Wörter: *u. k.* Abkürzung für *unabkömmlich.* Ich mußte nicht an die Front. Obwohl voll militärdiensttauglich mußte ich nicht an die Front. Nur, weil der Professor Hermann inzwischen so ein berühmter Maler war und ich die Keilrahmen für ihn gemacht hab'. Da hat der Professor seine Beziehungen spielen lassen und so weiter – kurzum: *u. k.* Wir haben die Heldentode gemalt, im Atelier. Täte jeder lieber malen als et cetera, Sie verstehen. Also: *wir*, das heißt natürlich, hauptsächlich hat der Professor gemalt, ich habe die Keilrahmen gemacht. Ab und zu habe aber auch ich gemalt: mehr so den Hintergrund – zerschossene Feindpanzer oder brennendes Gehöft und so fort. Für den Göring allerdings auch einen Germanen, der eine Wildsau erlegt. War ja Reichsjägermeister. Den Germanen hat der Professor gemalt, die Wildsau ich. Das Bild hat der Goebbels bestellt als Geschenk für den Göring. Der Germane hätte sollen leicht, also so mehr idealisiert, schlanker vor allem, dem Göring gleichsehen. Zum Schluß hat aber eher meine Wildsau dem Göring gleichgesehen. Möchte eigentlich wissen, wo die ganzen Schinken hingekommen sind... Na ja, Prost. 1944 war es dann aus mit dem Unterricht an der Akademie. Waren ja auch kaum noch Studenten da. Trotzdem bin ich *u. k.* geblieben. Man muß sich das vorstellen: bleibt da einer *u. k.*, einer mit völlig geraden Gliedern, völlig tauglich, bleibt *u. k.*, nur weil er für den Professor Hermann die Keilrahmen macht. Da haben wir ja den Krieg verlieren *müssen*. Na ja, mir is's recht. Im Januar 1945 ist der Professor nach Freilassing. Dort hat er ein Sommerhaus gehabt. Sein Atelier in München ist zerbombt worden. Hat mich mitgenommen, hat mich ja gebraucht für die Keilrahmen. Um die Zeit ist er langsam von den Helden und Schlachtschiffen abgerückt, hat mehr so Winterlandschaften gemalt. Ohne Germanen. Und auch kleinere Formate. Im März hat er mich im Dachboden nachschauen lassen, ob nicht doch noch ein paar aus der abstrakten Periode übriggeblieben sind. Sind aber nicht. War alles weg. Übermalen wir

halt die Schollen und nackten Bäuerinnen, habe ich gesagt. Er hat aber Angst gehabt, daß man es irgendwie doch chemisch abkratzen könnte et cetera. Außerdem immer noch Beziehungen: während die Leute draußen nur noch Fetzen zum Anziehen gehabt haben, hat er Leinwand zum Malen zugeteilt bekommen. Da mußte ich die Helden und Germanen von den Keilrahmen reißen und neue Leinwände aufziehen, und in zwei Monaten hat der Professor praktisch ein ganzes Lebenswerk abstrakter Bilder heruntergepinselt. Oft zu zweit: ›Stellen Sie eine Staffelei da hin‹, hat er gesagt, ›und schauen Sie her, was ich male, und das malen Sie nach, nur blau, wenn ich rot male, und umgekehrt.‹ Kreise und Dreiecke und Linien und so fort. Mußte alles natürlich heimlich geschehen, weil immer noch entartet. Aber um die Zeit hat sich schon niemand mehr darum gekümmert. Im Juni 1945 hat der Professor dann im Pfarrsaal von Freilassing die erste Ausstellung gemacht: mit abstrakt. Er ist, hat er bei der Eröffnung gesagt, praktisch Widerstandskämpfer gewesen. Ein innerer solcher. Die nackten Germaninnen hat er nur zur Tarnung gemalt. Und die Wildsau mit dem Gesicht Görings; wäre fast ins KZ gekommen deswegen. Und für den Pfarrer hat er eine heilige Katharina gemalt, gemäßigt abstrakt, so daß man's halt kennt und doch etwas schief. Und in der Partei war er eh nie. Das hat gestimmt.
So 1950 herum sind wir zurück nach München, da ist es auch langsam mit dem Akademiebetrieb wieder angegangen. Ja. Und auch nackerte Weiber haben wir wieder gezeichnet, obwohl ich natürlich längst nicht mehr so scharf drauf war, logisch, können Sie sich denken. Und für abstrakte Bilder braucht man's eh nicht. Ein paar Jahre später ist dann der Professor Hermann pensioniert worden. Kurze Zeit hat es so

ausgeschaut, als ob ich sein Nachfolger werden würde. Ja, gell, da schauen Sie: einer, der so dasitzt wie ich, und fast einmal Professor. Ja, ja. Aber eben nur *fast*. Fürs *Fast* gibt einem keiner was. Ich bin's dann doch nicht geworden. Ich war halt immer nur der Assistent von Professor Hermann und nichts eigenes. Achtzig Prozent von dem, was ich gemalt habe, war in die Bilder von *ihm* drin. Die Wildsau mit den Zügen Görings. Na ja. Ich habe dann angefangen, wirklich selber zu malen: abstrakt. Wer 1955 nicht abstrakt gemalt hat, von dem hat kein Hund einen Knochen genommen. Also abstrakt: halt so Fahrer kreuz und quer über die Leinwand. Oder mit der Spachtel. Ganze Tuben zerquetscht und verrührt. *Konstruktion XVI/56* und so fort. Sie kennen's ja. Prost. Aber irgendwie... ich weiß auch nicht warum. Viel verkauft habe ich nicht. Vielleicht... vielleicht merkt man's den Bildern doch irgendwie an, irgendwie unterschwellig, wenn Sie verstehen, was ich meine, wenn's dem Maler selber irgendwie nicht gefällt. Bin dann um 1960 herum zu Materialbildern übergegangen. Sie verstehen: halbe Zaunlatten und einen zerrissenen Socken – mit Uhu aufgeklebt. Ist auch billiger als die teuren Ölfarben. War auch nichts. Wenig verkauft. Konnte nicht davon leben. Dann ist der Mensch vom Versandhandel gekommen: Wenn ich, hat er gesagt, gefällige Landschaften in Öl male, so mehr mit Birken und Watzmann, dann bekomme ich pro Stück 18 Mark plus Materialkosten, und mit Rahmen werden die Bilder über Katalog für 80 verkauft. Na ja. Was willst machen. Habe ich also Birken und den Watzmann gemalt; unter Pseudonym natürlich. 18 Mark ist nicht viel. Wenn man davon leben will, muß man vor allem *schnell* malen. Auf so vier oder fünf Watzmann habe ich es gebracht pro Tag. Den Watzmann habe ich fast noch öfter gemalt als die Nina. Ich könnte Ihnen den Watzmann mit zu'ene Augen malen, heute noch, wenn ich den rechten Arm noch hätte. Fast zehn Jahr lang hab' ich das gemacht. Natürlich ist das anödend, aber was willst machen. Wenigstens ein sicheres Einkommen. Bis zum Zusammenbruch. Wer denkt denn schon daran, daß man für den karierten Hungerlohn auch noch Steuern zahlen muß. Das ist mir überhaupt auch im Traum nicht gekommen. Ich hab' halt meine Bilder hingebracht und das Geld abgeholt. Und davon hab' ich gelebt. Eines Tages steht da so eine Figur vom Finanzamt vor der Tür und fragt, warum ich auf den Brief nicht geantwortet hätte. Ja: wenn Sie vier oder fünf Watzmann am Tag malen müssen, dann haben Sie auch keine Zeit, auf jeden Brief zu antworten. Außerdem hab' ich ihn gar nicht aufgemacht. Oder vielleicht doch aufgemacht, aber nicht verstanden. Ich bin Maler, respektive Künstler. Wenn die was wollen von unsereinem, dann sollen sie sich gefälligst verständlich ausdrücken. Zweihundertfünfzigtausend Emm soll ich von dem Versandhandel bekommen haben, angeblich. In den zehn Jahren. Kann ich mir nicht vorstellen. Bei den windigen achtzehn Mark pro Bild. Gut – nach einem Jahr bin ich aufgebessert worden: fünfundzwanzig. Zuletzt dreißig. Aber Zweihundertfünfzigtausend? Eine Viertelmillion? Niemals. Doch, hat die Figur vom Finanzamt gesagt, und hat Zettel herausgezogen und gerechnet und multipliziert und dividiert. Tatsächlich – ich bin ja nicht uneinsichtig, und es läppert sich halt was zusammen in zehn Jahr'. Zweihundertfünfzigtausend. Hätte ich versteuern sollen. Steuerstrafe, Nachzahlung... das hab' ich auch nicht verstanden. Wenn ich mich *unterwerfe,* hat die Figur gesagt, dann brauche ich nur exakt die Zweihundertfünfzigtausend bezahlen. Da habe ich ihm gesagt – ich will das nicht wiederholen, was ich ihm gesagt habe, und nicht nur gesagt... ich hab' ja meinen rechten Arm noch gehabt, damals.

Aber in gewisser Weise war diese Finanzamtfigur gar nicht so... wie soll ich sagen. Er hat sich danach abgeklopft, die Krawatte wieder gerichtet und die Brille aufgeklaubt, die zum Glück noch ganz war, und hat gesagt: er will das alles jetzt vergessen, weil an sich, wenn er das in sein Protokoll hineinschreibt, sitze ich morgen in Stadelheim, aber er will den Mantel der Nächstenliebe darüber breiten, obwohl, hat er gesagt und in den Mund hineingelangt, der eine Zahn jetzt locker ist, trotzdem, weil er ist Christ und außerdem hat er ein Herz für die Kunst und malt selber in seiner Freizeit – Aquarelle, meistens Blumen – und er weiß, daß Künstler sensibel sind und unberechenbar, aber jetzt soll ich schleunigst da unterschreiben. Na ja – mir war danach schon auch etwas mulmig. Hab' ich halt unterschrieben. Wie ich das nächstemal zum Versandhandel gegangen bin, meine Wochenproduktion Watzmann abzuliefern, hat der Buchhalter gesagt: ›Geld kriegen Sie keines, weil das Finanzamt das schon gepfändet hat.‹ Da habe ich gesagt: ›Danke, nehme meine Watzmänner wieder mit. Soll sich das Finanzamt selber was malen.‹ Dann ist der Vollstreckungsbeamte zu mir gekommen, also das ist quasi der Gerichtsvollzieher vom Finanzamt. Haha! Ein so ein ganz großer Dicker, der hat sich hereingedrückt wie ein Panzer. Wollte pfänden, hat aber nichts gefunden außer der letzten Wochenration Watzmann, die ich nicht mehr abgeliefert habe: 23 Stück, weiß ich noch genau. 23. Die hat er gepfändet. Sollen heute noch in verschiedenen Büros vom Finanzamt hängen. Ja. Und dann ist er jede Woche gekommen, anfangs, später, wie er gemerkt hat, daß es aussichtslos ist, einmal im Monat – aber ich hab' einfach nichts mehr getan. Außerdem hat mich ein Jahr später der Motorradfahrer überfahren. Zwei Monat' im Krankenhaus – der rechte Arm amputiert. Tja. Der Motorradfahrer war schuld, aber tot. Und ist ohne Versicherung gefahren mit einem gestohlenen Nummernschild. Die Krankenhauskosten auch an die hunderttausend Mark. Ich seh' es ja ein, aber ich bin, beziehungsweise *war,* extremer Rechtshänder. Mit der linken Hand kann ich kaum eine Bierflasche aufmachen. So was gibt's: extremer Rechtshänder. Ich hab' probiert, mit der linken Hand mit Kreide auf Pflaster zu malen: Watzmann und Birken. Nicht daran zu denken. Nicht einmal die Nina ist mir gelungen. Aussichtslos bei mir mit der linken Hand. Höchstens abstrakt, aber wer wirft da schon was in den Teller, bei abstrakt. Und daß ich keine Krankenversicherung und keine Rente et cetera und so was nie erworben habe, weil nie einbezahlt und so weiter – das habe ich erst da gemerkt. Wer denkt denn an so was! Als Künstler. Prost. Gell, Sie laden mich schon noch zu einem Weißbier ein? Erzähle auch gern weiter. Ist interessant, meine Lebensgeschichte, gell ja? Finden die Herrschaften oft, denen ich sie erzähle. Ja. Das war also mein Unglück: die nackten Weiber, beziehungsweise daß ich keine gesehen habe in meiner Jugend, weil ich keine Schwestern gehabt habe und die Mutter so genierlich. Vielleicht wäre alles anders gekommen, wenn die Schwestern vom Poißl gebadet hätten... dann wäre ich nicht auf die Akademie gegangen und jetzt Schreinermeister mit einem sauberen Betrieb, und der Sohn übernimmt bald... ja, ja. Aber es kommt immer, wie es kommen muß. Prost. Jetzt leb' ich halt von der Sozialhilfe. Also: *leben* ist zuviel gesagt. Ich *versuche* zu leben. Zum Glück bekommt der Segelmann eine Rente. Nicht viel, aber immerhin. Nur:

ein Bett bräuchten wir halt. Wer der Segelmann ist? Der Segelmann ist früher Kellner gewesen. Eher ein Depp, unter uns gesagt. Irgendwann muß er was ausgefressen haben, aber ich frag' nicht danach. Er kriegt eine Rente. Leider leidet er unter Blähungen. Und auch keinen Sinn für die Kunst. Wir wohnen zusammen in meinem ehemaligen Atelier. *Künstler* bin ich kein ehemaliger, denn Künstler ist man immer; hat der Professor Hermann, mein Lehrer, gesagt. Als Professor, hat er gesagt, kann er in Pension gehen, als Künstler nicht. Künstler ist man ganz innen drin. Aber der Segelmann ist zu blöd dazu. Na ja. Ich hab' ihn in mein Atelier aufgenommen, und da tun wir uns halt leichter mit dem Zahlen. Die Miete und so. Aber ein Bett bräuchten wir. Wenn Sie so eins wüßten –?
Es ist an und für sich schon unangenehm, mit so einem alten Krauterer zusammen in *einem* Bett zu schlafen. Wo unter Blähungen leidet. Aber dann ist uns das Bett vorige Woche endgültig zusammengekracht. Taugt nur noch zu Brennholz. Wir können ja nicht ewig auf dem Boden schlafen. Also: wenn Sie von einem Bett wissen, günstig – dann: hier schreiben S' bitte meine Adresse auf den Bierfilz. Einer ist immer da von uns, entweder der Segelmann oder ich. Ich heiße Rolf Klühspieß...«

IV

Hedwig hieß sie und war Südtirolerin. »Das Unglück in meinem Leben war die Liebe«, schrieb sie einmal in ein Gästebuch, »aber auch das Glück.« Da war sie sechzig Jahre alt. Als sie geboren wurde – das einzige Kind eines Advokaten in

Bozen –, gehörte ihre Heimat noch zur k. u. k. Monarchie, als sie in die Schule kam, war die Unterrichtssprache schon Italienisch. Ihr Vater war ein strenger Deutschnationaler und wies die siebzehnjährige Hedwig – »Hedl« nannten sie die Eltern – aus dem Haus, weil sie sich in einen Italiener verliebt hatte. Die Mutter weinte, der Vater grollte, streckte den Arm aus und zeigte die Tür: »Du bist meine Tochter nicht mehr!« Die Mutter hängte sich an den Arm des Vaters, schluchzte: »Aber sie ist doch unser einziges Kind!« Nutzlos. Der Vater blieb unerbittlich. Hedl packte ihren Koffer und fuhr mit Umberto nach Rom. Nach einem Jahr war sie wieder da, reumütig und abgetakelt. Der Vater nahm sie gnädig auf, aber in seinen Kreisen, in den Kreisen der besseren deutschen Jugend in Bozen, war Hedl unmöglich geworden. Keiner hätte das *walsche Tuach* anrühren wollen. An eine standesgemäße Ehe nicht zu denken. Der Vater gab eine Heiratsannonce in einer Zeitung in München auf. Es meldete sich – unter anderem – ein Fabrikantensohn. Hedl tobte zunächst, denn die Annonce war ohne ihr Wissen aufgegeben worden, dann aber beruhigte sie sich. »Du hast uns genug Sorgen gemacht. Sei froh, daß wir an deine Zukunft denken. Grad jetzt, wo in Deutschland endlich wieder saubere, geordnete Verhältnisse eingetreten sind. Du könntest dir Herrn Ingenieur Dammerbauer wenigstens einmal ansehen; uns zuliebe.« Hedl fuhr mit der Mutter nach München. Die Familie Dammerbauer wohnte elegant: Villa in Harlaching. Nur der Ingenieur Dammerbauer, der jüngere Sohn, war bucklig.

Das Dienstmädchen führte Hedl und ihre Mutter hinauf in den zweiten Stock, wo ihnen – nach einem gediegenen Empfang mit Portwein und Plätzchen – das Gästezimmer zugewiesen wurde.

»Allerhand!« fauchte Hedl, als sie mit ihrer Mutter allein war.
»Aber Geld haben sie, das riecht man«, sagte die Mutter.
»Die haben wohlweislich ein Bild mitgeschickt, auf dem man nicht gesehen hat, daß er ein Krüppel ist.«
»Krüppel – Krüppel...! Was redest da. Du übertreibst – ein bißchen verwachsen, aber vielleicht ein wertvollerer Mensch als du...«
»Ich will keinen Krüppel!«
»So. Aha. Lieber einen Walschen?«
Hedl schluchzte. »Ich kann mir nicht vorstellen – ich *kann* mir nicht vorstellen, daß ich mit *dem*...«
»Werde nicht gynäkologisch«, sagte die Mutter, »so einen, einen mit soviel Geld kriegst du nie mehr. Mit *deiner* Vergangenheit!«
Sie blieben zwei Tage. Die Bewirtung im Haus Dammerbauer war tadellos. Nymphenburger Porzellan – Silberleuchter – Sekt und Kaviar, nicht im Überfluß, nicht orgiastisch, aber in gediegenen Mengen. Hauskonzert am ersten Abend: der bucklige Bräutigam spielte die e-moll Cellosonate von Brahms. Ein Dichter, Freund des Hauses, rezitierte Verse. Am zweiten Abend wurden die Damen aus Südtirol in die Oper eingeladen: »Meistersinger«. Der alte Dammerbauer hatte eine ganze Loge gemietet. So was hatten die beiden Bozenerinnen noch nie erlebt; hatten damit nicht gerechnet und nicht die Garderobe dabei. Der Vater Dammerbauer griff tief in die Tasche: zwei Abendkleider und Schuhe und Täschchen. Die Abendkleider von Lotz & Leusmann. Dammerbauer senior ging selbst mit, kannte den Chef des Hauses natürlich. Die teuersten Abendkleider, Dammerbauer senior zahlte, zuckte mit keiner Wimper. Während die Damen in der Probe-

kabine anprobierten, plauderte er mit dem Chef draußen. Die Mutter wählte ein schlichtes Schwarzes. Hedl schwankte zwischen zwei Modellen, kam jeweils heraus und bat Dammerbauer um Rat. Dammerbauer riet zum roten. Das hatte ein ungeheures Dekolleté. Hedl hatte Reize, die dieses Dekolleté zur Geltung bringen konnten. »In Bozen kannst du das unmöglich tragen«, zischte die Mutter.

Man hätte, sagte bei der Abreise Frau Dammerbauer senior am Bahnhof, selbstverständlich keine definitive Entscheidung bei diesem ersten Besuch erwartet, aber man wäre froh, wenn auch auf seiten der Damen wie bei ihnen, der Familie Dammerbauer, das Gefühl entstanden sei, daß man sich, hm, *nähergekommen* sei. Der bucklige Ingenieur schenkte Hedl einen Ring mit Perle. »Soll aber zu nichts verpflichten«, fügte er höflich hinzu. Die Dammerbauers hatten die Damen aus Bozen, ohne weiter nachzudenken, an einen Waggon I. Klasse gebracht. »Pst«, zischte die Mutter. Sie stiegen ein, winkten aus dem Fenster des I.-Klasse-Abteils und zogen erst um, als der Zug den Ostbahnhof passiert hatte.

Dammerbauer senior kam wenige Tage später nach Bozen, brachte ein Perlenkollier und nahm Hedl mit nach Taormina. Zwei Tage später kam Mama Dammerbauer, machte im Haus des Advokaten eine Szene: »Ich weiß genau, daß Sie wissen, wo der alte Bock mit Ihrer sauberen Tochter hingefahren ist.« Frau Fabrikantin Dammerbauer wirkte gar nicht mehr so vornehm und hielt mit ihrer Meinung, Hedl sei absichtlich in München eingeschleppt worden, um ihren Mann zu verführen, nicht hinterm Berg. Der Advokat wand sich. Er bedauere, auch er sei über die Entwicklung nicht glücklich... allein er könne nicht... »Ich kriege es auch ohne Sie heraus!« schrie Frau Dammerbauer, »wahrscheinlich ist er nach Taor-

mina, da fährt er immer hin.« Sie hatte recht. Es war sogar das gleiche Hotel wie immer: *Miramar*. Nur in einem irrte sich Frau Dammerbauer: den alten Fabrikanten hatte es diesmal ernsthaft erwischt, tief in seinem nochmals auflebenden sechsundsechzigjährigen Herzen. Er hatte sich sogar weiße Schuhe gekauft, war parfümiert und hatte eine Nelke ins Knopfloch gesteckt, als ihn seine Frau auf der Strandpromenade einholte.
»Lassen Sie sofort meinen Mann los, Sie... Sie Kleopatra!« fauchte sie. »Hedl, bleib da«, sagte Dammerbauer und schwang ein graziöses Rohrstöckchen unter die Achsel, »meine Absichten Hedl gegenüber sind die lautersten.«
»Was soll das heißen?« fragte Frau Dammerbauer.
»Ich habe meinen Anwalt telegraphisch damit beauftragt, die Scheidung einzureichen.«
»Ich habe auch einen Anwalt«, sagte Frau Dammerbauer, raffte ihre etwas altmodischen Röcke und ging.
Hedl wollte die Pyramiden sehen sowie die Sphinx. Herr Fabrikant Dammerbauer gurrte, verdrehte die Augen und buchte eine Luxuskabine auf der »Catarina Cornaro« nach Alexandria. Dann wollte Hedl noch die Alhambra in Granada sehen. Dammerbauer buchte. Dann den Eiffelturm. Dammerbauer ließ eine Suite im *Georges V* reservieren. Dammerbauer schwebte auf rosa Wolken. Bei Van Clef & Arpels kaufte er Hedl einen haselnußgroßen Diamanten. Beim Portier im *Georges V* gab er an: *M. et Mme. Dammerbauer de Munich.* Der Eiffelturm enttäuschte Hedl allerdings. Die – im Auge Dammerbauers fast schon offiziellen – Flitterwochen dauerten zwei Monate, dann erst kehrte er nach München zurück. Hedl quartierte er im *Vierjahreszeiten* ein.
Die Reise hatte – außer dem enttäuschenden Eiffelturm –

noch einen Nachteil: Frau Dammerbauers Vorsprung. Sie war von Taormina unverzüglich nach München zurückgereist und hatte zwar nicht alle, das war gar nicht nötig, aber einige Hebel in Bewegung gesetzt. Als Fabrikant Dammerbauer seinen Fuß frech und trotzig in die Villa in Harlaching setzte, innerlich durch die herbstliche Liebe fest gewappnet für die – wie er hoffte – zwar harte, aber kurze Auseinandersetzung mit seiner Familie, fand er sich gerichtlich entmündigt. Stumm händigte ihm Frau Dammerbauers Anwalt den Beschluß des Amtsgerichts aus.
»Das ist doch wohl ein Witz!« schrie Dammerbauer, völlig aus seinem Konzept gebracht.
»Empfehle«, sagte der Anwalt, »das nicht auf die leichte Schulter zu nehmen.«
»Das kann man doch nicht machen, ohne mich wenigstens vorher anzuhören. Wo sind wir denn – «
»Es wurde Ihnen vom Gericht Gelegenheit gegeben, sich zu äußern. Sie haben vorgezogen, es nicht zu tun.«
»Mir wurde – ? *Was* wurde mir –? Nicht daß ich wüßte!«
»Das entsprechende Schreiben vom Gericht kam leider vom Hotel in Taormina als unzustellbar zurück. Eine andere Adresse war meiner Mandantin nicht bekannt.«
»Ihrer – *wem* nicht bekannt?«
»Mandantin. Frau Clara Dammerbauer.«
»Ich gebe Ihnen gleich Mandantin. Sie Winkeladvokat. Sie Erschleicher, Sie – «
»Vergreifen Sie sich nicht an einem Organ der Rechtspflege!«
Dammerbauer zerriß den Gerichtsbeschluß in kleine Fetzen, stampfte mit den Füßen, schrie: »Haha! Ein Organ! Organ! Organ! Wissen Sie, was Sie sind? Ein juristischer Grottenolm sind Sie.«

Der Anwalt wich zurück und schrie: »Hilfe!« Die Sache war offenbar gut vorbereitet, und Frau Dammerbauer kannte ihren Ehemann: zwei bärbeißige Irrenwärter stürzten herein, und ehe Dammerbauer »papp« sagen konnte, steckte er in einer Zwangsjacke und wurde abtransportiert. Der Entmündigungsbeschluß wurde nun nachträglich nicht nur auf »offensichtlich senile Verschwendungssucht und Verschleuderung von Familienhabe«, sondern auch auf »Gemein- und Selbstgefährlichkeit« gestützt. Vormund war übrigens Dammerbauers älterer Sohn Ruprecht. Er veranlaßte die Einweisung seines Vaters in ein wenngleich vornehmes, so doch absolut geschlossenes Sanatorium im Fränkischen.
Hedl wartete in ihrem Zimmer im Vierjahreszeiten. Dammerbauer hatte ihr gesagt: er gehe jetzt die Dinge regeln, er habe sich alles zurechtgelegt, er werde sachlich und kühl bleiben und das Gesetz des Handelns an sich reißen; es werde hart und schmerzlich werden, eine schwere, eine *sehr* schwere Stunde, aber bis zum Abendessen sei alles vorbei, und sie solle schon einmal eine Flasche Champagner aufs Zimmer bestellen.
Hedl saß neben dem noch ungeöffneten Champagner und wartete. Statt Dammerbauer senior kam Ruprecht. (Der ältere Sohn, also nicht der bucklige Ingenieur.) Er hatte sich – unschwer – in die Gedankengänge seines Vaters versetzt und schnell erraten, wo der seine Geliebte einquartiert hatte. Hedl erschrak, aber Ruprecht sagte ihr nur: »Jetzt bin *ich* der Chef – «, umfaßte ihre Taille, öffnete den Champagner und drückte Hedl sanft auf das Sofa. Am nächsten Tag traten sie eine Skandinavienreise an. Hedl wollte das Nordlicht sehen. In dem folgenden halben Jahr entfaltete sich nicht nur ein breites Spektrum juristischer Aktivitäten in verschiedenen

Rechtssachen *Dammerbauer*, sondern auch eine Tragödie Ibsenschen Ausmaßes. Frau Ruprecht Dammerbauer wollte, dem Beispiel ihrer Schwiegermutter folgend, nun auch ihren Mann entmündigen lassen. Aber Ruprecht war schlauer gewesen als sein Vater: er hatte einem Anwalt Zustellungsvollmacht erteilt, und der hielt erfolgreich dagegen. Dem alten Dammerbauer war es aus der Anstalt heraus gelungen, mit einem weiteren Anwalt Verbindung aufzunehmen, der den Entmündigungsbeschluß anfocht. Sowohl Frau Dammerbauer senior als auch junior reichten Scheidungsklage ein. Nicht genug damit: dem alten Dammerbauer gelang es – was nicht alles Wut und Liebe vermögen –, in der Nacht an der Dachrinne hinunter aus der Anstalt zu entkommen. Er eilte (schwarz im Zug fahrend) nach Hause und erwürgte seine Frau, allerdings nicht ganz. Aber am nächsten Tag nahm sie freiwillig Strychnin. Als Ruprecht mit Hedl von der Skandinavienreise zurückkam, schleuderte der Alte eine Louis XV-Uhr aus Messing (den Gott Neptun darstellend) vom oberen Treppenabsatz des Foyers der Villa auf den Sohn hinunter, traf ihn nur ungenau, aber immerhin so, daß der ins Krankenhaus mußte. Der andere Sohn, der bucklige Dammerbauer, verständigte die Polizei und zog Hedl auf sein Zimmer. Frau Dammerbauer junior versuchte mit dem restlichen Strychnin Hedl zu vergiften. Wieder wurde die Polizei verständigt. Dammerbauer senior – der nun triumphierend lächelnd auf seine Entmündigung und damit Unzurechnungsfähigkeit verwies – wurde aus der Haft entlassen. Er riß Hedl wieder an sich und fuhr mit ihr nach Bremen, von wo aus die beiden nach Mexiko übersetzten. In Mexiko heirateten sie, kehrten nach vier Wochen zurück. Der bucklige Dammerbauer gefror zu Eis, als ihm der Vater die neue Stiefmutter vorstellte. Er ermordete aber nicht den Vater, sondern seltsamerweise den Bruder: er besuchte ihn im Krankenhaus und zog teuflisch grinsend (sagte später die Oberschwester, die dazugekommen war, aber nicht mehr helfen konnte) den lebenserhaltenden Schlauch aus seinem Bruder heraus. Dann fuhr er nach Hause und trank das immer noch herumstehende Strychnin, wobei nie klar wurde, ob das ein Selbstmord oder ein Irrtum war. Der alte Dammerbauer, der bis zum Schluß um die Aufhebung seiner Entmündigung kämpfte, starb etwa ein Jahr später. Universalerbin: selbstverständlich Hedl. Der Vormund der hinterlassenen Kinder Ruprechts (deren Mutter immer noch wegen versuchten Mordes im Gefängnis saß) focht das Testament an, erwirkte auch eine gerichtliche Feststellung, daß die Ehe des alten Dammerbauer und Hedls ungültig war. Hedl packte ihre Sachen und kehrte nach Bozen zurück. Immerhin hatte sie den haselnußgroßen Diamanten. Das war Hedls erste Ehe gewesen.

Die zweite schloß sie in Rom zwei Jahre später. In Bozen konnte sie unmöglich bleiben. Auch hier hatte zuviel über den Skandal in den Zeitungen gestanden. Die Mutter traute sich nur noch zur allerersten Frühmesse aus dem Haus. So zog Hedl nach Rom, verkaufte den Diamanten und mietete davon eine kleine Wohnung in der Via Sistina. Von ihrem Wohnzimmerfenster im dritten Stock aus sah sie, wenn sie sich vorbeugte, drei Obelisken. Die Tragödie, die Hedl – Edvige nannte sie sich in Rom, im übrigen trotz allem: Dammerbauer – mit ihrer zweiten Ehe ins Rollen brachte, war weniger Ibsenschen Ausmaßes als eher ein Kolportageroman. Sie heiratete einen faschistischen Parteifunktionär namens Pierson, der aber heimlicher Sowjetagent war. Ein als

Zimmermädchen verkleidet arbeitender Kontaktmann Piersons, ein gebürtiger Argentinier armenischer Abstammung, verliebte sich in die neue Frau Edvige Pierson, verpfiff den Spion sowohl bei den Italienern (mit wahren) als auch bei den Russen (mit falschen) Verdächtigungen. Beide Geheimdienste versuchten dann Pierson umzudrehen, Edvige hielt den Argentinier wirklich für eine Frau und verpfiff »sie«. Es stellte sich heraus, daß das argentinische Dienstmädchen in Wirklichkeit ein irischer Jesuit war. Er flüchtete in den Vatikan und nahm Edvige – als Novize verkleidet – mit. Pierson wurde solang umgedreht, bis er wahnsinnig wurde (oder aus Tarnung den Wahnsinnigen spielte), ein homosexueller Capitano der Nobelgarde, ein Herzog aus einem Geschlecht, das acht Päpste und vierzehn Heilige im Stammbaum aufzuweisen hatte, verliebte sich in den hübschen Novizen und wurde, als er dessen wahres Geschlecht entdeckte, ebenfalls wahnsinnig. Im letzten lichten Moment meldete er es aber einem Kurienkardinal, der sodann für die Eliminierung des Novizen Hedwig sorgte. Die italienische Regierung schob Hedl ins Deutsche Reich ab.

Hedl – Frau Hedwig Pierson jetzt – blieb in Innsbruck hängen. Inzwischen war das Jahr 1938 gekommen gewesen, und Nordtirol war »großdeutsch«. Die dritte Ehe Hedls mit einem Innsbrucker Hotelier war vergleichsweise still. Sie bekam aus dieser Ehe einen Sohn (Peter), im übrigen war ihr krankhaft eifersüchtiger Mann ausschließlich damit beschäftigt, Hedl einzuschließen. Jedes noch so harmlose Gespräch Hedls mit einem männlichen Wesen verursachte ihm Krämpfe. Dabei liebte ihn Hedl wirklich und versuchte ihm ihre Liebe durch ausgefeilte Zärtlichkeiten zu beweisen. Er hielt es für schlechtes Gewissen nach Fehltritten. 1939 wurde er eingezogen, schrieb Briefe voll von quälend eifersüchtigen Phantasien und fiel kurz vor Ende des Polenfeldzuges. Auch Hedls vierte Ehe überdauerte den Krieg nicht: der vierte Mann war ein hochdekorierter Jagdflieger, der eine leichte Verwundung in dem zum Erholungsheim umfunktionierten Hotel Hedls auskurierte. Er hatte 299 Abschüsse und wollte Hedl zuliebe zum ersten Hochzeitstag am 22. August 1943 die 300 vollenden. Es gelang nicht. Es wurde der 18. Abschuß eines amerikanischen Anfängers. Dieser amerikanische Anfänger besuchte nach dem Krieg die Witwe seines Opfers, heiratete sie 1947, nahm sie mit nach Hartfort/Conn. 1953 verliebte sich der Ortsrabbiner in sie, entführte sie nach Mexiko – Hedl erinnerte sich ferne an die Stadt; wie doch die Zeit vergeht –, drängte sie, sich scheiden zu lassen, heiratete sie und wanderte mit ihr nach Israel aus. Frau Hedwig Greentree. Noch auf dem Schiff verliebte sie sich in einen wesentlich jüngeren Botaniker. Der Rabbi Greentree zerriß seine Kleider und sprang über Bord. Ein Matrose warf ihm einen Rettungsring nach. Der Rettungsring traf den Rabbi am Kopf. Rettungsring und Rabbi versanken in den Fluten. Das war in der Höhe von Sizilien. Als das Schiff Catania anlief, verließen der Botaniker und Hedl (Sohn Peter war auch dabei) das Schiff, fuhren – so wollte es der Botaniker – nach Taormina. Er kannte das Hotel *Miramar*. Hedl hatte das Gefühl: die Zeit vergeht nicht, sie dreht sich im Kreis. In der Synagoge in Rom heiratete sie das siebte Mal. Der Botaniker war nämlich ein Jude italienischer Abkunft und hatte eine Cousine, die ein Antiquitätengeschäft in der Via Giulia betrieb. Er war einer der wenigen Ehemänner Hedls, der eines natürlichen Todes starb: an Krebs 1963. Hedl war 51 Jahre alt.

Sie blieb zwanzig Jahre in Rom, heiratete noch dreimal: einmal in San Giovanni e Paolo, einmal in San Bonaventura auf dem Palatin und einmal nur standesamtlich im Rathaus auf dem Kapitol. Einer der Ehemänner wurde von einem Fiaker überfahren (der letzte tödliche Unfall in der Geschichte Roms durch ein Pferdefuhrwerk), der andere kam um, als er im Hotel *Miramar* in Taormina, das eben umgebaut wurde, sich an ein noch nicht befestigtes Stiegengeländer im vierten Stock lehnte, der dritte – das war ein Vetter jenes homosexuellen Herzogs – starb an Herzversagen, als sein Pferd beim Trabrennen mit schon mehr als einer Länge Vorsprung in der Zielgeraden stürzte. Es gab auch mehrere Liebhaber: zuletzt den Jockey, er hieß Sandro, dem das für Don Stanislao Crescenzi tödliche Mißgeschick passierte. Auch Pierson war dazwischen wieder aufgetaucht, hatte ein paar Monate bei Hedl gewohnt – war sie nicht immer noch eigentlich seine Frau? Wieviel Ehen Hedls waren rechtlich überhaupt gültig? Zum Glück rechneten die Standesbeamten und Pfarrer nicht mehr nach. Es hätte wohl auch der geballten Arbeitskraft eines ganzen Instituts für Rechtsvergleichung bedurft, um diesen personenstandsrechtlichen Knäuel zu entwirren. Pierson war jetzt libyscher Agent und verschwand an einem Tag im späten Oktober. Er hinterließ Hedl – zu der Zeit offiziell Donna Edvige Crescenzi – einige Schulden und ein angebliches Renaissancebett mit Rollen, das er in einem Nest in Umbrien – Panicale hieß es – gekauft hatte. Die Witwe eines deutschen Versicherungsvertreters löste gerade ihren Hausstand auf. Pierson hatte vor dem Haus eine Autopanne, die bald behoben war. Die Witwe half. Sie bot dann Pierson – er machte immer einen bedeutenden Eindruck – das Haus zum Kauf an. Er lehnte ab, nahm aber das Bett. Hedl, die Antiquitätenhändlerin, lachte, als er sagte, es sei Renaissance. Es paßte nicht in Hedls immer exquisiter werdenden Laden, wohl aber in das private Schlafzimmer.

An einem eher kühlen Tag in einem sonst schönen März kam ein alter buckliger Mann in Hedls nun schon überaus vornehmen Laden in der unerschwinglich gewordenen Via Giulia und fragte in gebrochenem Italienisch, was die Terrakotta-Büste eines Mädchens koste, die im Schaufenster stand. Hedl holte die Büste herein, stellte sie auf den Tisch, legte die Hand auf den Scheitel des Terrakottamädchens und sagte: »Sie können deutsch mit mir reden. 750 000 Lire.«
»Ein stolzer Preis«, sagte der Bucklige, »ist sie echt?«
»Bei mir ist alles echt«, sagte Hedl.
Der Blick des Buckligen fiel auf die Hand, die auf dem Scheitel der Terrakotta-Büste lag. Ein Ring mit Perle.
»Hedl«, sagte der Bucklige.
So wurde Hedl doch noch (oder nochmals) Frau Dammerbauer. Das Antiquitätengeschäft in der Via Giulia wurde aufgelöst. Unter anderem das Bett wanderte in die Villa in Harlaching, die der Ingenieur Dammerbauer seit vielen Jahren nur noch allein bewohnt hatte. Hedl und Dammerbauer starben kurz hintereinander im Lauf von nur einem Monat, einem heißen Juni eines sonst sehr feuchten Jahres. Hedls Sohn aus Innsbruck kam nach München, erbte (da Hedl *nach* Dammerbauer gestorben war) und verkaufte alles. Für das Bett fand er keinen Abnehmer. Der neue Eigentümer gestattete, daß es in die Garageneinfahrt gestellt wurde. »Ich veranlasse«, sagte Hedls Sohn, »daß es morgen von einem Schrotthändler abgeholt wird.« Das war an seinem letzten Tag in München. Nachmittags besuchte er noch einmal das

Grab seiner Mutter. Abends ging er ins Theater. Ein modernes Stück; sehr lang. Als es aus war, waren alle Restaurants schon geschlossen; das heißt: einer, der sich auskennt, hätte schon eins gefunden, aber Peter kannte sich nicht aus. Er blieb in einem Stehausschank hängen, aß eine unsägliche Gulaschsuppe und lernte den einarmigen Maler Rolf kennen, der ihm unaufgefordert und mit säuerlichem Atem seine Lebensgeschichte erzählte.

»Nein«, sagte Peter, »ich brauche mir Ihre Adresse nicht aufzuschreiben von wegen dem Bett. Im Gegenteil: *ich* schreibe *Ihnen* hier eine Adresse auf. Dort steht ein eisernes Bett in der Garageneinfahrt. Angeblich Renaissance. Aber auf Rollen. Es gehört Ihnen, wenn Sie es haben wollen. Gratis. Sie müssen es nur abholen.«

V

Er hieß Lutek und war von Natur aus brav. Die einzige Sorge, die er seinen Eltern bereitete, war sein Gewicht. Das einzige Mal, daß seine Mutter Wilhelm Luteks Gewicht lobend oder sogar stolz erwähnte, war unmittelbar nach seiner Geburt an einem schneereichen Tag im Februar 1934 in Hirschberg in Oberschlesien: 5 ½ kg. Der Vater, Rektor Lutek, zeigte die Geburt in der örtlichen Zeitung an: »...beehrt sich Rektor Ernst Lutek anzuzeigen, daß seine Frau Ida dem Führer einen kräftigen Soldaten geschenkt hat. Die Namensweihe wird auf die Namen *Wilhelm Adolf Paul* erfolgen.« Wilhelm stand für einen Erbonkel, den jüngsten Bruder von Frau Luteks Mutter, Paul stand für den Reichspräsidenten Hindenburg; für wen Adolf stand, mag der Leser raten.

Der Onkel Wilhelm fallierte mit seinem Holzgeschäft schon 1941, rappelte sich zwar nochmals auf und fing unter schwierigsten Umständen mit einer Spedition an, verlor aber alles, als die Russen kamen. Der letzte Wagen, auf dem unter anderem Wilhelm, seine vier jüngeren Geschwister, seine Mutter und der Rektor saßen, brach schon hinter Schreiberhau zusammen, als die Flüchtlinge über die Berge ins »Protektorat« wollten. Sie mußten zu Fuß weitergehen. Rektor Lutek jammerte, denn er hatte einen eingewachsenen Zehennagel. Hinten hörte man die russische Artillerie. Das Pferd führte Onkel Wilhelm noch einen Tag lang mit; es trug die Koffer und Bündel. Dann war kein Futter mehr da. Onkel Wilhelm verhandelte mit einem Bauern: das Pferd gegen ein Pfund Butter. Der Bauer schlug ein, führte das Pferd in den Stall, kam dann zurück und sagte: er habe es sich anders überlegt. Er wolle die Butter doch nicht hergeben. Der Rektor fluchte: »Wenn ich nicht einen eingewachsenen Nagel hätte, würde ich dem Kerl einen Tritt geben.« Onkel Wilhelm sagte: »Dann will ich das Pferd wiederhaben!« »Hol es Dir«, grinste der Bauer. Er merkte, daß die elende Bagage da froh war, das Pferd los zu sein. Der Rektor fluchte wieder, kommandierte: »Gepäck aufnehmen!«, und alle zottelten weiter. Klein-Wilhelm – es war grad der Tag seines 11. Geburtstages – schleppte eine Standuhr, mitgenommen da Erbstück.

Da Rektor Lutek hartnäckig behauptete, er kenne sich aus seinen *Wandervogel*-Zeiten in der Gegend aus, verirrte man sich, ging im Kreis und kam nach zwei Tagen an den Bauernhof zurück. Der Bauer und seine Familie lagen mit eingeschlagenen Köpfen da. Der Hof war ausgeraubt. Offenbar waren andere Flüchtlinge handgreiflicher gewesen. »Manchmal«, sagte Rektor Lutek hämisch, »folgt die Strafe doch auf dem Fuß.« Man übernachtete in dem leeren Gehöft. Am nächsten Tag zog man weiter. »Aber diesmal nehmen wir nicht die Abkürzung«, sagte Mutter Lutek. Klein-Wilhelmchen wurde gestattet, die Standuhr zurückzulassen. Klein-Wilhelmchen aber sagte, wie er es in der Schule (das ist: bei seinem Vater) gelernt hatte: »Der Führer hat so große Sorgen, da kann ich wenigstens die Standuhr tragen.« Nach zwei weiteren Tagen aber sagte die Mutter: »Der Führer hat jetzt auch nichts mehr davon, wenn Wilhelmchen die Standuhr weiterschleppt.« Wilhelmchen stellte sie an einer Brücke neben einen heiligen Nepomuk. Stetig fiel Schnee. Der Rektor drehte sich, ehe sie in ein Waldstück einbogen, noch einmal um. Fern schlug die Uhr zum letzten Mal. Wenn es symbolisch mit rechten Dingen zugegangen wäre, hätte die Uhr *Fünf vor Zwölf* zeigen sollen. Sie zeigte aber halb fünf. Sie ging schon falsch.

Als die Familie nach zahllosen Leiden und Strapazen am 14. März Bayreuth erreichte, wo eine Cousine von Onkel Wilhelms verstorbener Frau wohnte, waren alle bis auf die Knochen abgemagert, nur Wilhelmchen hatte zwei Kilo zugenommen.

Ein Soldat des Führers wurde Wilhelm Lutek nie. Er wurde überhaupt nie Soldat. Seinen zweiten Vornamen unterschlug er. Der Erbonkel starb im Männerübernachtungsheim und hinterließ eine Aluminiumschachtel voll Knöpfe und eine halbleere Flasche Wermut Marke »Schönkopf – trocken«. Rektor Lutek bekam ein bißchen etwas vom Lastenausgleich und wurde Lehrer an einer Volksschule in Bad Aibling. Er prozessierte um seine Anerkennung und Wiederverwendung als Schulrektor und starb, ehe der Prozeß verlorenging. Wilhelm aber studierte Jura.

Er war ein braver, wenngleich dicker Student. Er trat in eine katholische Studentenverbindung ein, machte sein Referendarexamen mit der relativ anständigen Note 3,8 und kam nach München in den Vorbereitungsdienst. Das Assessorexamen war schon nicht mehr so glänzend: 4,2 und nur Platzziffer 117, aber es reichte immerhin, daß er – mit Hilfe eines Bundesbruders, der hoher Beamter im Ministerium war – in den Justizdienst eingestellt wurde. Seine Karriere war nicht glänzend, aber zufriedenstellend. Gerichts-Assessor Lutek erkannte früh, daß das Um und Auf der Justiz die *Statistik* ist: nicht *wie* etwas erledigt wird zählt, sondern *wieviel* im Monat erledigt wird. Lutek wurde Staatsanwalt, dann Amtsrichter (*Amtsgerichtsrat* hieß es damals noch), nach sieben Jahren Erster Staatsanwalt. Er trank *Dr. Richters Frühstückstee,* machte *Punkt-Diät,* dann eine Diät, die vorschrieb, daß er nur Eier und Rotwein zu sich nehmen dürfe, dann ernährte er sich wochenlang von Keksen der Firma *Slimmy,* schwenkte dann auf Körner und Müsli um, eine Zeitlang fastete er regelmäßig von Freitag bis Sonntagabend total: *Null-Diät.* Dann *Asiatische Disteldiät;* Kaltwasserkuren; Springseil (der Mieter vom zweiten Stock – Luteks wohnten im dritten – beschwerte sich bei der Hausverwaltung); Sauna; Magermilchkur; Knoblauchpaste. Es half nichts, Lutek wurde immer dicker. Einmal bat eine Zigeunerin an der Wohnungstür um Kleider. Frau Lutek (als Assessor hatte Lutek eine Dame aus der Schreibkanzlei der Staatsanwaltschaft geheiratet) bot der Zigeunerin Geld an. Die Zigeunerin war fast beleidigt: sie bettle nicht, sie wolle wirk-

lich Kleider. Frau Lutek erinnerte sich daran, daß ihr Mann einen braunen Anzug ausgemustert hatte. Sie gab den Anzug der Zigeunerin. Die Zigeunerin faltete ihn auseinander, musterte ihn und gab ihn mit der Bemerkung zurück: »Mein Mann ist kein Siamesischer Zwilling.«
Nach weiteren sieben Jahren wurde Lutek Vorsitzender Richter am Landgericht: erst Kleine Strafkammer, dann Große Strafkammer, dann Zivilkammer. Lutek war – außer für seine Leibesfülle – dafür bekannt, daß er zur obergerichtlichen Rechtsprechung aufblickte wie zur Dreifaltigkeit. Und wenn er im Zwischenhof aus seinem Auto stieg (einem VW-Polo), schauten die Kollegen hinter den Vorhängen herunter. Die Tür des Autos wurde aufgestoßen, ein Fuß tauchte auf, tastete nach unten, eine Hand umkrallte den oberen Rand der Tür, das Auto wackelte, ein Flutschen und Quetschen, Ächzen und Schwitzen – »Eine Maus gebiert einen Berg«, sagte der als respektlos bekannte Richter Zwirnsteiner.
Lutek stand vor seinem Auto in seinen stets etwas bodenscheuen Hosen, in seinem Konfektionsanzug, dessen Sakko hinten zu kurz war. Lutek hatte ja ohnedies seine Not mit der Konfektion. Es gab aber ein Kaufhaus in der Innenstadt, das eine verschwiegene Abteilung für Übergrößen hatte. Lutek bückte sich noch einmal, langte ächzend nach hinten zu den Rücksitzen, zog seinen Mantel heraus, zog ihn an, obwohl er nur alles in allem fünfundzwanzig Schritte zum Tor hatte, das in den Justizpalast führte. Den Hut brauchte er nicht aufzusetzen, denn den hatte er schon auf. Er fuhr Auto mit Hut. »Dann weiß man an und für sich schon alles«, sagte Richter-Kollege Zwirnsteiner.
In der Zeit, in der Lutek eine Große Strafkammer leitete

(zuständig für *Sa* bis *Sz* ohne *Sch*), hatte er die Verhandlung gegen einen inzwischen entlassenen Zimmerkellner eines großen Hotels in der Innenstadt zu leiten. Der Zimmerkellner hatte im Zusammenwirken mit einem Hilfsgaragisten einem südamerikanischen Edelstein-Händler einen Aktenkoffer gestohlen, in dem sich eine Kollektion Diamanten im Wert von etwa 200 000 Mark befunden hatte. Der Diebstahl war nach einem genauen Plan ausgeführt worden: der Zimmerkellner hatte die Sache ausspioniert, hatte den Garagisten ins Vertrauen gezogen, der hatte eine Aktentasche des gleichen Modells besorgt (die Verkäuferin erkannte auf dem Bild den Garagisten wieder), der Zimmerkellner hatte – nachdem er die Gewohnheiten des Gastes längere Zeit beobachtet hatte – die Aktentaschen in einem günstigen Moment vertauscht. Der Juwelenhändler hatte den Diebstahl zwar schon nach wenigen Minuten bemerkt, aber da hatte der Zimmerkellner die Aktentasche schon seinem Komplizen gegeben, der sich – während der Zimmerkellner als erster Verdächtiger vom Chefportier zur Rede gestellt wurde – samt Tasche sofort durch den hinteren Garagenausgang in Sicherheit brachte.
Segelmann hieß der Zimmerkellner, der angebliche Garagist hieß Dollbrück alias *der heisere Günter*. Der *heisere Günter* war ein alter Kunde, seine Strafliste umfaßte 44 Positionen. Segelmann war – bisher – ein unbeschriebenes Blatt. »Wahrscheinlich«, sagte Lutek im Beratungszimmer, »ist er nur noch nicht erwischt worden.« Der *heisere Günter* war flüchtig. Segelmann leugnete.
»Der *heisere Günter* recte Dollbrück ist ein kleines Licht«, sagte Lutek zu seinen Beisitzern. »Wahrscheinlich sind er und dieser, wie heißt er? – «, Lutek drehte den Aktendeckel

um, » – dieser Segelmann nur die Handlanger. Die die Kastanien aus dem Feuer holen. Natürlich. Ist immer so. Die Diamanten hat inzwischen längst der wirklich große Gauner, der dahintersteckt. *Den* kriegen wir nie. Ich halte es übrigens nicht für ausgeschlossen – wenn Sie bedenken, in welch kurzer Zeit sich der eigentliche Diebstahl abgespielt hat –, daß dieser, wie heißt er?, ja: Segelmann um seinen Anteil geprellt wurde. Das können wir ja im Strafmaß berücksichtigen.«
Die Verhandlung war nachmittags. Das gekochte Rindfleisch in der Kantine war eher fett gewesen. Das Wirsinggemüse blähte etwas. – Ich hätte doch den Grießauflauf essen sollen, dachte Lutek. – Ob wir bis vier Uhr fertig sind? Lutek war keiner, der nach Vergnügungen lechzte, aber heute abend wollten er und seine Frau ausgehen. Im Gasthof »Sängerwarte« trat das Mundharmonikaorchester »Fröhlicher Abend« auf, dem Luteks Sohn Stephan angehörte. Es war das erste Mal, daß Stephan Lutek bei einer öffentlichen Veranstaltung mitspielen durfte. Die Eintrittskarten für Angehörige der Orchestermitglieder waren auf die Hälfte reduziert. – Um sieben Uhr geht es an, wir müssen spätestens um Viertel nach sechs aus dem Haus. Ich muß mich noch umziehen. Wenn der Angeklagte geständig ist, schaffe ich es.
Aber Segelmann leugnete. Das schwere Rindfleisch drückte, der Wirsing blähte. Der Sitzungssaal war überheizt. Der Beisitzer, der das Urteil zu schreiben hatte, machte lustlose Notizen; der andere Beisitzer döste. Lutek schob seine Massen auf dem Stuhl hin und her. Das verfluchte Rindfleisch. Nachmittagssitzungen sind unangenehm. Nachmittagsschlaf ist besser. Lutek gab dem dösenden Beisitzer einen Fußtritt unter dem Tisch, der schoß auf, weil er meinte, daß schon Urteilsverkündung sei, aber es hatte noch nicht einmal die

Beweisaufnahme begonnen. Dieses saudumme Wirsinggemüse. Lutek dachte mit Grausen daran, daß er heute abend nochmals aus dem Haus mußte. Und der Angeklagte leugnete. Ein einfacher Mann – milde ausgedrückt. Fast ein Idiot. Natürlich haben sie den um seinen Anteil geprellt. Wenn er alles zugeben würde und Reue zeigen und sagen: ich bin da von dem *heiseren Günter* hineingezogen worden und, nachdem ich einmal den kleinen Finger et cetera, und ich habe *nichts* von der Beute bekommen – da könnte man ja bis auf das Mindeststrafmaß heruntergehen. Eventuell sogar Bewährung, trotz des hohen Schadens. Und man würde sich die ganze Beweisaufnahme sparen. Wäre vielleicht um drei fertig. Könnte sich daheim vor dem Umziehen noch eine halbe Stunde aufs Sofa legen.

Aber der Angeklagte leugnete. Er begann ungeheuer komplizierte Ausreden auszubreiten. Er tat sich schon schwer, einfache Sachverhalte darzulegen, wieviel mehr etwas so Kompliziertes wie die Ausreden, die er sich in seiner Einfalt zurechtgelegt hatte. Das schlechte Gewissen sah man ihm gegen den Wind an. Lutek riß sich zusammen. Er übertünchte seine Ungeduld durch routinierte Milde. Manchmal hilft so was. Er unterbrach den stotternden Angeklagten mit einer so bestimmten wie väterlichen Geste. (Dabei hätte eher, dem Alter nach, der Angeklagte der Vater Luteks sein können.) »Die Wahrheit, Herr Angeklagter, die Wahrheit ist immer *einfach.* Glauben Sie mir. Ich bin seit zwanzig Jahren Richter, ich kenne mich aus. Kenne mich aus. Die Wahrheit ist nie kompliziert. Lassen Sie Ihre gewundenen Erklärungen. Wie anders als durch Sie, den Zimmerkellner, soll der Aktenkoffer ausgetauscht worden sein?

»Ich weiß nicht«, sagte der Angeklagte.

»Eben!« sagte Lutek.
Sechs Jahre beantragte der Staatsanwalt. Der Pflichtverteidiger redete irgendwas von schwerer Jugend und einfacher Charakterstruktur und bat um Milde. Fast dreiviertel fünf.
»Sie haben das letzte Wort –?« fuhr Lutek den Angeklagten an.
Segelmann stand auf. »Ach so – «, sagte er, » – ist das alles schon zu Ende? Ich wollte noch...«
»Machen Sie's kurz«, sagte Lutek schon im Stehen, »ich nehme an, Sie schließen sich den Ausführungen Ihres Verteidigers an?«
»Jawohl«, sagte der Angeklagte.
Lutek zog draußen im Beratungszimmer die Robe gar nicht aus, wischte sich nur über die Glatze. »Sechs Jahre hat der Staatsanwalt beantragt, oder hat jemand einen anderen Vorschlag?«
Die Urteilsbegründung war sehr gedrängt. Um zehn nach fünf Uhr war die Sitzung zu Ende. Lutek wabbelte in sein Zimmer, zog Robe und weiße Krawatte aus, setzte den Hut auf und eilte zum Parkplatz. Zum Glück hatte er sich geirrt: das Mundharmonikakonzert ging erst um halb acht Uhr an. Er konnte sich doch noch eine halbe Stunde aufs Sofa legen.

VI

Der Künstler Rolf und der Segelmann Heinz zeigten dem Hausmeister des neuen Eigentümers den Bierfilz. »Wir dürfen das Bett haben«, sagte Rolf.
»Ohkeh«, sagte der Hausmeister, »es steht vor der Garage.«

»Haben wir schon gesehen«, sagte Rolf.
»Ich gehe mit hinaus und sperr' euch das Tor auf. Habt ihr einen Lastwagen da oder was?«
»Lastwagen?« fragte Rolf.
»Na ja – wie wollt ihr das Ungetüm sonst transportieren? Zerlegen läßt es sich nicht.«
»Ach so«, sagte Rolf.
Der Hausmeister zuckte mit den Schultern und ging voraus. Draußen umstanden die drei das Bett.
»Also?« sagte der Hausmeister.
»Es hat Rollen«, sagte Segelmann.
»Dann schieben wir's halt«, sagte Rolf, »wir haben ja Zeit. Das einzige, von dem wir genug haben. Fast *zuviel*. Willst du schieben oder ziehen?«
Rolf zog – tat sich so leichter mit nur einem Arm –, Segelmann schob; zunächst auf dem Trottoir, als aber ständig Fußgänger kamen, schoben sie das Bett auf die Straße.
»Immer schön rechts«, sagte Rolf. Trotzdem hupten Autofahrer. »Leck uns doch am Arsch«, brummte Rolf. Sie schoben das Bett zur Grünwalder Straße, warteten bei *Rot*, bogen nach links ein, weiter Bogen, ganz korrekt, dann wieder immer schön rechts. Es ging auf vier Uhr. Der Verkehr nahm zu, aber zum Glück eher in der Gegenrichtung, stadtauswärts. Bei der Orthopädischen Klinik rasteten sie das erstemal. Sie schoben das Bett – was mühsam war – auf den Grünstreifen und setzten sich drauf. (Das Bett hatte einen geflochtenen Drahteinsatz; Matratze keine.) Dann wieder herunter, wieder auf die Straße. Zweite Rast beim Wettersteinplatz. Dann kamen schon problematische Kreuzungen. Oft mußten die zwei bei *Grün* kräftig anschieben, um innerhalb der Phase drüber zu kommen. Nächste Rast am Ost-

friedhof. Etwas aufwärts über die Eisenbahnbrücke – nun nahm auch der Verkehr in dieser Richtung zu. Lastwagenfahrer brüllten unflätig. Ein Taxifahrer schrie: »Wieder zwei, die man vergessen hat zum Vergasen.« Endlich der Regerplatz. Segelmann sagte: »Ich muß wieder rasten.«
»Mensch!« schrie Rolf, »wir kommen ja überhaupt nicht mehr vorwärts. Na gut, fünf Minuten.«
Sie rückten das Bett seitlich der Kreuzung an der Ecke der Mauer des Maria-Theresia-Gymnasiums halb auf das Trottoir und setzten sich drauf. Sie merkten nicht, daß es da schon etwas abschüssig war. Das Bett setzte sich in Bewegung. Bei *Rot* über die Kreuzung. Ein Omnibus hielt im letzten Augenblick, bremste, daß die Insassen sich hinter dem Fahrer knäulten. »Spring ab!« schrie Rolf. Aber Segelmann schloß die Augen und umkrallte den schmiedeeisernen Kopfteilaufbau. Das Bett knatterte immer wieder rechts gegen die Bordsteinkante, folgte aber so – schneller und schneller werdend – der Krümmung der Gebsattelstraße. Funken sprühten. Rolf wollte springen, traute sich aber schon nicht mehr. »Hilfe!« schrie Segelmann. Ein Auto links wich hupend aus. Weiter vorn fuhr eine Frau in hohen Stöckelschuhen mit dem Fahrrad vorsichtig bremsend bergab. Die Ereignisse überstürzten sich. Die Frau sprang vom Fahrrad. Ihr Hut rollte davon. »Hilfe!« schrie Segelmann noch einmal. Die Frau fiel auf die Knie und begann zu beten.

VII

Fräulein Faber legte Wert auf diese Anrede und sang im Kirchenchor. Obwohl sie mit Beständigkeit einen Viertelton zu hoch sang (man hörte sie deshalb gut heraus, und sie hatte unter den übrigen Choristen den Spitznamen »die Callas«), war sie die Stütze des Chores, denn sie war immer da. Sie hatte an die zehn Regentes chori in Mariahilf und bestimmt fünf Pfarrer schon überlebt. Bis vor kurzem hatte sie in einem Bestattungsunternehmen gearbeitet. »Trotz allem eine schöne Arbeit«, pflegte sie zu sagen, »appetitlich, sauber, und mit den Verstorbenen *an sich* hat man nichts zu tun.« Sie war die Seele des Unternehmens gewesen. Nach ihrer Pensionierung wartete sie allerdings vergeblich auf dessen Konkurs. Sie war Mitglied der Legio Mariae, und bei einer Audienz anläßlich einer denkwürdigen Pilgerfahrt nach Rom hatte der Papst (es war noch Paul VI. gewesen) zu Fräulein Faber gesagt: »Was für einen schönen Hut Sie haben, meine Tochter.« (Die Pilgerfahrt war der Höhepunkt in Fräulein Fabers Leben gewesen. Zwar hatten sich nicht alle Pilger so benommen, wie es sich gehörte, aber Fräulein Faber hatte einen Drogisten namens Wecklage aus Amberg kennengelernt, der auf der Fahrt erkrankt war. Fräulein Faber leistete Samariterdienste. Es entwickelte sich ein erbaulicher Briefwechsel. Die Freundschaft blieb aber in sittlich unbedenklichen Bahnen.) Zur Beichte ging Fräulein Faber so gut wie jede Woche. Sünden hatte sie allerdings kaum. Ab und zu beichtete sie ihre hoffärtige Neigung zu bunten Hüten, aber nur bis zu jener Papstaudienz. Wenn so ein Hut selbst dem Papst gefällt, kann das keine Sünde sein. Dafür beichtete sie danach gelegentlich einen leicht, aber nur ganz leicht ins Unkeusche hinüberschillernden Gedanken im Zusammenhang mit dem verwitweten Drogisten Wecklage. Was sie nicht beichtete, war die Tatsache, daß sie schon mehrmals eine schwarze Spitzenunterwäsche-Garnitur, einmal sogar mit Mieder, gekauft hatte. Sonstigen fleischlichen Anfechtungen war sie aber schon seit Jahrzehnten nicht mehr ausgesetzt. Um die Spitzenwäsche zu kaufen, fuhr Fräulein Faber in einen ganz anderen Stadtteil, und auch dort sagte sie im Laden: »Es ist für meine Nichte. Sonst ist sie aber sehr ordentlich. Sie trägt die gleiche Größe wie ich.« Die Unterwäsche beichtete sie dem Pfarrer von Mariahilf aus rein altruistischen Gründen nicht. Dennoch schlug es ihr aufs Gewissen. Sie ging daher einmal nach St. Nikolaus am Hasenbergl beichten, also ganz weit weg, noch weiter als der Wäscheladen, und sagte dort dem Beichtiger: »Ich habe im Augenblick, gelobt sei Jesus Christus, nur *eine* Sünde zu beichten. Die anderen beichte ich in Mariahilf. Aber wissen Sie, Hochwürden, ich möchte das mit der Unterwäsche dort nicht beichten, weil sonst womöglich, wie soll ich sagen, der hochwürdige Herr Pfarrer von Mariahilf ist auch nur ein Mensch, wenngleich Hochwürden, und es könnte ja immerhin sein, daß, da die Unterwäsche noch dazu schwarz ist und Spitze, daß da gewisse Anfechtungen ... nur gedanklich, selbstverständlich, nur gedanklich ...«

Da, wie der Pfarrer von St. Nikolaus auf seine Frage hin erfuhr, aber niemand, absolut niemand Gelegenheit hatte, Fräulein Faber nur mit dieser Unterwäsche bekleidet zu sehen, betrachtete es der offenbar aufgeschlossene Beichtiger als allenfalls ganz, ganz läßliche, wenn überhaupt eine Sünde und absolvierte sofort, ohne eine Buße aufzugeben. Als

Fräulein Faber den Beichtstuhl verließ, schob der Pfarrer den Vorhang verstohlen eine Handbreit zur Seite und riskierte ein Auge. »Hallo!« flüsterte er dann. Fräulein Faber kam zurück: »Ja, bitte, Hochwürden?« »Was ich noch sagen wollte: wegen *mir* und diesbezüglichen Anfechtungen bei Ihnen brauchen Sie sich *keine* Gedanken zu machen.«

Aber andere Gedanken machte sie sich: eines Tages tauchte nämlich ein entsetzliches theologisches Problem vor ihr auf. Sie hatte erst am Vortag gebeichtet. Kein Brief von Herrn Wecklage aus Amberg war gekommen. Sie war rein. Um zwei Uhr war Kirchenprobe. Am nächsten Sonntag sollte zum Hochamt nichts Geringeres als Bruckners Messe in e-moll gesungen werden. Die Probe dauerte lang und war anstrengend. Fräulein Faber gab ihr Äußerstes. Als sie gegen vier Uhr heimkam, fühlte sie sich völlig verschwitzt. Sie ließ ein Bad einlaufen, verhängte die Spiegel, entkleidete sich und badete. Dann zog sie die schwarze Spitzenunterwäsche an. Es war ein heißer Tag. Fräulein Faber ging, nachdem sie sich nochmals vergewissert hatte, daß alle Stores ganz dicht zugezogen waren, in der Unterwäsche ins Wohnzimmer, setzte sich so aufs Sofa und schenkte sich ein Gläschen Ettaler Klosterliqueur ein. Genüßlich und entspannt, rein und gebadet begann sie die Lauretanische Litanei zu beten.

Da durchfuhr es sie wie ein Blitz: *so* betete sie? Gott sieht alles, also auch Fräulein Melanie Faber in schwarzer Spitzenunterwäsche. War Gott, der ja – zumindest in Fräulein Fabers Vorstellung – männlichen Geschlechts war, nicht anfällig für Anfechtungen? Gott vielleicht nicht, beruhigte sie sich, denn was sieht Gott nicht alles, wenn der Tag lang ist, aber der heilige Antonius zum Beispiel, der ja ohnedies in dieser Hinsicht... Fräulein Faber raste in ihr Schlafzimmer, warf sich ihren Morgenmantel über und kehrte schwer atmend ins Wohnzimmer zurück. Sie trank noch ein Gläschen Ettaler Klosterliqueur, dann beschloß sie, unverzüglich den Pfarrer zu fragen. Nicht den von Mariahilf, weil sie ja dann mit der Wahrheit hinsichtlich der Spitzenunterwäsche herausrücken hätte müssen; sie beschloß, sich die Mühe zu machen – gleichzeitig Buße –, nach Hasenbergl hinauszufahren. Sie verdunkelte das Schlafzimmer, wechselte die Spitzenunterwäsche gegen sittlich gefestigte flanellene solche (trotz des heißen Tages), zog ein zeitloses Schneiderkostüm an, ihre liebsten hochhackigen Schuhe (auch so ein Punkt...), setzte den dezenten, wenngleich breitrandigen und mit einer blauen Feder geschmückten Hut auf, setzte sich aufs Fahrrad und strampelte los. Sie fuhr vor zum Regerplatz. Weil sie mit dem Fahrrad nicht links abbiegen wollte, stieg sie vor der Kreuzung ab, ging, das Fahrrad schiebend, bei Fußgänger-Grün über die Straße, einmal gradaus, dann drüben quer, stieg dann wieder auf und ließ sich den Gebsattelberg vorsichtig bremsend hinunterrollen.

Ihre Gedanken kreisten nach wie vor um das Problem, ob man Gott in Versuchung führen kann oder – zum Beispiel – den heiligen Antonius, als ein ratternder Lärm die Straße erfüllte. Ein höllisches Klirren wie die Wilde Jagd. Der Himmel verdüsterte sich. Fräulein Faber wagte nicht sich umzudrehen, erstens, weil sie immer fürchtete, dabei die Balance zu verlieren, und zweitens aus Angst vor dem, was sich ihrem Auge bieten könnte. Funken stoben. Es roch nach Pech und Schwefel. »Jetzt hast du die Strafe«, dachte Fräulein Faber. Sie sprang vom Fahrrad, warf es hin – dabei sah sie, wie zwei... Ja: was waren das für rußbedeckte, neunmal geschwänzte Gestalten, sie wagte den Namen im Geist nicht zu nennen, die da auf einem riesigen Eisenwagen den Gebsattelberg hinunterrasten? Der eine der Kerle streckte die Hand nach Fräulein Faber aus, der andere grinste und brüllte »Hier ist sie!« Fräulein Faber warf sich auf die Knie (ihr Hut rollte davon) und begann laut zu beten. Gleichzeitig tat sie das Gelübde, noch heute die sündige Unterwäsche zu verbrennen. Grad noch rechtzeitig. Die höllische Brut raste vorbei. Ein ohrenbetäubender Krach folgte. Fräulein Faber schloß die Augen.

VIII

Nachdem Wilhelm Lutek etwa zehn Jahre lang Vorsitzender Richter am Landgericht München I gewesen war – erst Kleine, dann Große Strafkammer, dann Zivilkammer –, wurde er Richter am Bayrischen Obersten Landesgericht. Das ist ein Gericht praktisch ohne Zuständigkeit. Die fehlenden Kompetenzen werden dort durch zweckfreie Gründlichkeit ersetzt. Die Beförderung brachte eine nicht unerhebliche Einkommensaufbesserung mit sich. Gleichzeitig hatte Stephan Lutek, der Sohn, sein Examen als Diplomingenieur gemacht und nabelte sich – auch finanziell – ab. Frau Lutek sagte: »Aber jetzt kannst du dir einmal ein, zwei Anzüge machen lassen, die wirklich sitzen. Ich meine: *machen* lassen, nicht von der Stange.«
Die Hemmschwelle einer Maßschneiderei vermochte Lutek aber doch nicht zu überschreiten. Er ließ sich beim *Hirmer* in der Kaufingerstraße die Abteilung für Maßkonfektion weisen. Das war auch schon erheblich teurer als von der

Stange. Einen gedeckten Taubenblauen und eine Kombination aus grauer Hose und Salz-und-Pfeffer-Sakko. »Das ist gleich was anderes«, sagte Frau Lutek, die bei der zweiten Anprobe dabei war. Ein paar Tage später machte Frau Lutek ein Bündel aus zwei abgetragenen und nun – gegen den leisen Protest Luteks – ausrangierten Anzügen und sagte: »Die bringst du zur Altkleidersammlung für die *Caritas*.« Lutek vergaß es wochenlang immer wieder, wahrscheinlich, weil es ihm unterschwellig widerstrebte, Dinge wegzugeben, die sein Körper so viele Jahre ausgefüllt hatte. Ein paarmal mußte Frau Lutek mahnen, dann machte Lutek endlich auf dem Weg vom Gericht nach Hause einen Umweg und gab in der Sakristei der Mariahilf-Kirche das Bündel ab. Dann zwängte er sich wieder in sein Auto, zog vorher das gedeckte taubenblaue Sakko aus, faltete es zusammen und legte es auf den Rücksitz. Als er am Standesamt vorbei auf die Gebsattelstraße hinausfuhr, raste von rechts ein Bett daher. Lutek versuchte noch zu bremsen, zu spät. Krachen, Klirren, Glaszersplittern, Drehen, zwei Männer flogen in weitem Bogen davon. Der Maler Rolf war sofort tot, Segelmann starb zwei Tage später im Krankenhaus. Die Polizei brauchte nicht geholt zu werden, denn die hörte den Krach in natura: gleich unten in der Schweigerstraße ist das Polizeirevier. Die Polizisten kamen zu Fuß. Lutek konnte nicht aussteigen, denn der VW-Polo war in dem Eisenbett wie in einem Korb gefangen. Trotz des Toten, der auf der Straße lag, mußten die Polizisten lachen. »Oje«, sagte PHW Zoglauer, »Autofahrer mit Hut.« »Ein Bett ist kein Fahrzeug!« ächzte Lutek, der trotz seiner eingeklemmten Lage sofort die einschlägige obergerichtliche Rechtsprechung ventilierte. »Hm«, sagte Zoglauer, »aber es ist von *rechts* gekommen.«

Der Strick riß, mit dem sich Lutek vor der Verhandlung gegen ihn wegen fahrlässiger Tötung aufhängen wollte. Aber er starb wegen des Schädelbruches, den er sich zuzog, als er, betäubt vom mißlungenen Selbstmord, die enge Stiege vom Speicher herunterfiel.

Frau Lutek gab zwei Wochen nach der Beerdigung auch die beiden Maßkonfektionsanzüge zur *Caritas*-Sammlung in Mariahilf.

»Schön«, sagte Fräulein Faber, die die Spende entgegennahm, »praktisch wie neu.«

Herbert Rosendorfer
Absterbende Gemütlichkeit
Zwölf Geschichten aus der Mitte der Welt

Gebunden

Herbert Rosendorfers »Zwölf Geschichten aus der Mitte der Welt« sind mit hintersinnigem Humor und grimmiger Hellsichtigkeit geschriebene Burlesken aus dem Kleinbürgertum, angesiedelt in München, der Stadt, in der Rosendorfer fünfzig Jahre gelebt hat.

Kiepenheuer & Witsch

Herbert Rosendorfer
Rom
Eine Einladung

KiWi 224

Diese Einladung nach Rom, die aus lauter Abschweifungen zu bestehen scheint, ist ein Intensivkurs besonderer Art. Mit seiner Kennerschaft und Lust, Orte und Zeiten plaudernd miteinander zu verbinden, führt Rosendorfer immer tiefer in das Geheimnis dieser Stadt, die »seit zweitausend Jahren *die Stadt*, die Mutter, die Seele, das Herz der Welt ist.«

KiWi Paperbackreihe bei Kiepenheuer & Witsch

Herbert Rosendorfer
Venedig
Eine Einladung

KiWi 303
Originalausgabe

Noch gibt es Venedig, diese Stadt, die längst zum Traum ihrer eigenen Schönheit und Vergangenheit geworden ist. Rosendorfer nimmt uns mit auf die gewundenen Wege ihrer Entwicklung und Topographie und führt uns in die Einzigartigkeit ihrer Symbiose aus Natur, Geschichte, Reichtum und Kunst ein. Seine Einladung ist dringend, Venedig, dieses Wunder einer »Inszenierung« des Lebens, bald zu besuchen, bevor es stirbt.

KiWi Paperbackreihe bei Kiepenheuer & Witsch